btb

Inger Båtveit ist eine der aufregendsten neuen literarischen Stimmen aus Norwegen. In »Überall ist Wasser« erkundet sie das eigene Leben, von der Kindheit am Fjord bis zur neuen Rolle als junge Mutter. Verbindendes Element ist die Bedeutung des Wassers. Die Autorin taucht ein in die Welt des Schwimmens, denkt über Kreativität und Elternschaft nach, wechselt schreibend elegant von der Unterwasserwelt zur Welt darüber und wieder zurück zum Rhythmus der Wellen. Innere Gesprächspartner sind dabei Autor*innen der Weltliteratur wie Herta Müller, Jeanette Winterson, Hendrik Ibsen, Tove Jansson. »Überall ist Wasser« ist ein Kaleidoskop an kraftvollen Bildern und poetischen Betrachtungen und erinnert an die amerikanische Tradition der subjektiven Essays und Memoirs von Joan Didion oder Rachel Cusk.

INGER BRÅTVEIT, geboren 1978 in Bergen, gehört zu den interessantesten jüngeren Autorinnen Norwegens und wurde für ihre Romane vielfach ausgezeichnet, zum Beispiel mit dem Preis für neue norwegische Literatur. Für ihr Werk »Überall ist Wasser« erhielt sie höchstes Lob für die kunstvolle Form zwischen persönlichen Reflexionen und essayistischen Betrachtungen. Mit diesem Buch wird sie das erste Mal dem deutschsprachigen Publikum vorgestellt, ein weiteres Werk ist in Vorbereitung.

Inger Bråtveit

Überall ist Wasser

Aus dem Norwegischen
von Ebba D. Drolshagen

btb

Die norwegische Originalausgabe erschien 2018 unter dem Titel
Dette er også vatn bei Forlaget Oktober, Oslo

Diese Übersetzung wurde mit finanzieller Unterstützung
von NORLA veröffentlicht.

NORLA

MIX
Papier | Fördert
gute Waldnutzung
FSC® C014496

Penguin Random House Verlagsgruppe FSC® N001967

Deutsche Erstausgabe März 2025

Covergestaltung: Semper Smile, München, nach einem Entwurf
von Egil Haraldsen & Ellen Lindeberg | EXIL DESIGN
unter Verwendung eines Motivs von frank camhi-vision/istock photo
Satz: Uhl + Massopust, Aalen
Druck und Einband: GGP Media GmbH, Pößneck
MA · Herstellung: BB
Printed in Germany
ISBN 978-3-442-77170-7

www.btb-verlag.de
www.facebook.com/penguinbuecher

UNTER DER DACHSCHRÄGE im Wohnzimmer sitzt mein Mann in einem Sessel auf einem Rentierfell, das unsere Tochter zur Taufe bekommen hat. Er hält sich ein Buch vors Gesicht. Das Rentier hat meine Schwester auf einer Jagd im Suldal erlegt, wo sie und ich aufgewachsen sind. Es muss ein schönes Tier gewesen sein, das Fell ist zu gleichen Teilen weiß und grau. Oben auf der Galerie spielen die Jungs am Fernseher FIFA, unsere Tochter liegt auf dem Wohnzimmerboden und streckt die rechte Hand nach einem orangefarbenen Äffchen aus. Sie ist ganz in einer Dschungelwelt vertieft, aber mein Mann ist krank. Sein Gesicht ist geschwollen und schief. Er hat Schmerzen, die durch den Körper wandern. Wo tut es dir jetzt weh, fragte ich anfangs. Im Oberschenkel, in den Händen, in den Waden, antwortete er. Aber meistens sind es die Knie, oft sind die Schmerzen so stark, dass er kaum gehen kann. Zumindest längere Strecken. Die Krankheit hat einen Namen: Borreliose. Zeckenbiss. Für eine Behandlung ist es zu spät. Er hätte früher zum Arzt gehen sollen, inzwischen hat er zwei intensive Antibiotika-Behandlungen hinter sich. Keinerlei Besserung, jetzt geht es nur darum, mit Tabletten die Schmerzen zu lindern. Man muss auf die Zeit hoffen und jeden Tag nehmen, wie er kommt.

Morgens sagt er den Jungen *Tschüss* und *Habt einen guten Tag.* Sie laufen zur Schule, ihre Ranzen hüpfen auf den Rücken. Unsere Tochter sitzt festgeschnallt in ihrem Stuhl, isst kleine Brotstückchen und trinkt Milch aus einer Kindertasse mit Tülle und zwei Griffen. Drei Elsa Beskow-Wichtelkinder im Blaubeerland, Drillinge mit Fliegenpilzmützen und blauen Pullovern. Ich nehme den Deckel von der Tasse, schütte die restliche Milch ins Becken. Öffne den Wasserhahn, spüle sie weg. Stelle den Milchkarton und den Aufschnitt in den Kühlschrank, die schmutzigen Gläser und Teller in die Spülmaschine, wische den Tisch ab. Dann trage ich unsere Tochter ins Wohnzimmer, lege sie unter den Spielbogen, gehe ins Bad, wo ich versuche, mich nicht im Spiegel anzusehen.

Durch die angelehnte Badezimmertür dringen Dschungelgeräusche vom Spielbogen. Vogelzwitschern, Elefantenrufe und Affenbrüllen. Unsere Tochter spricht mit den Dschungeltieren, sie fragt und antwortet den Affen und Vögeln in einer Sprache, die vielleicht weder Tiere noch Babys verstehen. Ga-ga-ga, sagt unsere Tochter im Dschungel, noch einmal, mehrmals. Ich hole das türkise

Kleid mit den grünen Pailletten, das ich während der Schwangerschaft getragen habe. Ziehe es über den Kopf und bin nicht sicher, ob mit dem Kleid oder mir etwas nicht stimmt, überzeuge mich aber leicht von Letzterem. Ich bin nicht schön. Ich bin eine Maschine. Ich bin ein Stauwerk aus morschem Holz. Ich bin ein Baum, der ein Stein sein sollte. Ich habe eine Stimme, die spricht, doch sie spricht von einem Ort, der ihr nicht gehört. Sprechen ist nicht handeln. Sprechen ist nie genug. Ich schreibe nicht. Ich bemühe mich, Dinge von mir fort oder auf Abstand zu halten, dabei rückt, was ich auf Abstand zu halten versuche, ständig näher. Ich versuche, an das Leben zu denken, muss aber ständig an den Tod denken. Ich putze mir die Zähne. Ich fühle mich, als würde ich mitten durchgesägt. Mein Kopf wird heiß, ich sage mir, bei all den Jahresringen im Holz, dass jetzt ein kühler Kopf bewahrt werden muss. Was ich denke, dreht sich im Kreis, bevor es irgendwo im Körper in Form von Sätzen vertrocknet, die nie ausformuliert wurden. Die Sätze existieren im Körper, in Kopf und Mund, sind aber ohne Wert, solange sie weder formuliert noch niedergeschrieben werden. Ich bin ein Baum. Ich bin der Baum, der ausspuckt und runterspült. Hier werden keine Worte wachsen oder sich miteinander verweben, das Leben hat schon genug aufgewühlt.

Unsere Tochter weint. Oder lacht. Ich bin nicht mehr sicher. Sie tut beides immer noch oft. Ich bin hin und her gelaufen. Ich habe getragen und besänftigt. Gestillt und getröstet, weiß aber immer noch nicht, ob ich genug getröstet habe. Ich bin einkaufen gegangen. Ich habe gekocht. Ich habe versucht, eine Routine strukturierender Rituale aufrecht zu halten, während mein Mann ruhig dasaß. Er saß im Sessel auf dem Rentierfell mit einem Buch vor dem Gesicht und machte keine Anstalten, das Buch wegzulegen oder unsere Tochter hochzuheben. Sein Gesicht war hinter tausend Sätzen versteckt. Sein Kopf war in einer anderen Welt. Sein Universum und unseres waren getrennt, und zwar durch ein klares, physisches Grenzschild: Das Buch, das er hochhielt. Wir mussten vor die Tür. Ich schaltete die Batterie des Spielbogens aus, die Tierstimmen verstummten. Ich hob unsere Tochter hoch. Trug sie ins Bad, legte sie auf den Wickeltisch und wechselte die Windel. Ich ging ins Wohnzimmer, beugte mich unter die Dachschräge zu meinem Mann hinunter, unsere Tochter auf dem Arm. Mach's gut, sagte ich und küsste ihn auf die Wange. Willst du dem Papa Tschüss sagen?, fragte ich unsere Tochter und sah ihn an, von der anderen Seite des Buches. Mmh, sagte er und küsste sie auf die Stirn. Wir gehen jetzt, sagte ich. Ist gut, sagte er unter der Wohnzimmerdecke, die sich über das Leben neigt, das sich zwischen uns abspielt. Ich trug unsere Tochter die Treppe hinunter, legte sie in den bereitstehenden Wagen, wendete ihn und drückte uns beide, den Rücken zur Tür, ins Freie.

Es war ein schöner Tag. Unsere Tochter lag im Wagen. Sie lächelte und sah in die Bäume, in die grünen, gelben und roten Laubkronen, an denen wir vorbeirollten. Es war eine schöne Zeit. Dann kam der Winter. Alles wurde weiß. Nein. So war es nicht. Unsere Tochter weinte im Wagen, ich nahm sie hoch. Sie wollte getragen werden, daher schob ich oft einen kleinen Wagen, unsere Tochter im Arm. Es hatte etwas Lächerliches, aber wenn ich sie trug, drehte sie den Kopf hin und her. Sie musste schauen, wollte alles mitbekommen. Erst wenn ich sie hochhob und sie die Welt rundum sehen konnte, wurde sie ruhig. Wir waren zusammen. Ich trat die Steine aus dem Weg. Die stabilen Wagenräder rollten leicht, aber einen Platten konnten wir uns nicht erlauben. Wir rollten weit, wir rollten weiter als weit. Wir rollten die Straße entlang, am Fluss über die Brücke, die Treppe zum Park hinunter, in das Geschäft am Stadtrand. Wir rollten aus der Stadt hinaus, vorbei am Hafen und den Baracken, wo die Bauarbeiter wohnten. Wir rollten durchs Frühjahr, durch Schneematsch und Schnee. Wir kamen zu einem Hafen, dort lag ein Schiff. Wir lösten einen Fahrschein und rollten an Bord. An Bord des Schiffes waren einige andere Mütter mit kleinen und etwas älteren Babys. Es gab Sturm und hohe Wellen. Es gab Böen und scharfe Winde, aber an spiegelglatten Tagen schaukelte das Schiff unter einer großen, strahlenden Sonne. Das Meer öffnete sich und sagte komm! Sieben Tage und sieben Nächte fuhren wir über das Meer, und plötzlich war ein halbes Jahr vergangen.

Die Jungs öffneten die Tür. Unsere Tochter strampelte mit den Beinen. Ich umarmte die Jungs und sagte, endlich zu Hause. Wie groß das Schwesterchen geworden ist, sagten sie und strichen ihr über Haar und Wangen. Wir gingen zusammen ins Wohnzimmer, wo mein Mann immer noch mit dem Buch vor dem Gesicht im Sessel saß. Hallo, sagte ich. Hallo, hallo? Ich klopfte an die Decke über ihm. Hörte er uns nicht? Sah er nicht, dass wir endlich zu Hause waren? Wir traten näher, umringten seinen Sessel, in dem er auf dem Rentierfell unter der Dachschräge saß, mit dem Buch als Schild. Was liest du jetzt? Immer noch keine Antwort. Ich sah auf den Buchrücken, in dem Buch hatte er schon gelesen, als wir gingen. *Madame Bovary*! Ich wurde wütend auf das Buch, wütend auf Gustave Flaubert, wütend auf meinen Mann und dachte, jetzt will ich auch in das erstbeste Buch verschwinden. Nein, lieber will ich in das Manuskript zurück, an dem ich arbeitete. Ich wollte schreiben. So dachte ich. Die Tage vergingen. Der Sommer kam, bald wurde es Herbst.

Ich machte die Wäsche, setzte mich unter Druck, und als die Maschine fertig war, trug ich die Wäsche auf den Balkon, um sie aufzuhängen. Ich wäre gern ein anderer und besserer Mensch gewesen, aber jemand musste sich auch um den Alltag kümmern. Der Wäscheständer war zu klein, die Wäsche hing zu dicht, Socken lagen auf Strumpfhosen, Strampelhosen, Unterhosen, Jeans, alles hatte zu wenig Luft. Nichts davon ist morgen trocken, dachte ich, drehte mich um und blickte durch das große Balkonfenster in die Wohnung. Oben auf der Galerie saßen die Jungs auf dem Sofa, jeder mit seinem Wii-Controller. Der Fernseher leuchtete blau, in einer an der Decke aufgehängten Wiege aus weißem, strapazierfähigem Stoff schlief unsere Tochter. Durch die große Scheibe wirkte das alles idyllisch. Ich drehte mich zum Balkongeländer, an das metallene Blumenkästen geschweißt waren. Die einzige Überlebende war eine kräftige Pfefferminze, groß wie ein kleiner Strauch oder eine kräftige Faust. Über dem Hausdach war der Himmel rötlich, die Sonne ging gerade unter. Ich kletterte auf den Stuhl. Von hier aus hatte ich einen weiten Blick, wenn ich mich weit nach oben streckte, meinte ich, das Meer sehen zu können.

Im Wohnzimmer, in der Wiege unter der Zimmerdecke, schlief unsere Tochter: Ich wusste, dass sie träumte. Im Traum hörte ich das Meer nach ihr rufen, es rief nach ihr und mir. Was war mit den Jungen? Was mit meinem Mann? Ich hielt den Atem an. Ich machte Inventur, speicherte. Bald kam der Nachtfrost. Ich stieg vom Stuhl, öffnete die Tür und ging hinein. Schloss die Balkontür. Ich ging zu den anderen ins Wohnzimmer, blieb mitten im Zimmer stehen, sah mich um. Nun gut, sagte ich. Das Meer antwortete nicht. Ich nahm ein Blatt Papier, ging in die Küche, setzte mich an den Tisch. Ich schrieb mit großen Buchstaben: Jetzt musst du dein Buch fertig schreiben. Und begann gleichsam fließend zu schreiben, in einer Sprache, die sich nicht mehr verschlossen anfühlte. Nein. So war es auch nicht. Es brauchte Zeit. Es mussten Wochen, Monate und Jahre vergehen, bevor ich begreifen und mich mit der Einsicht abfinden konnte, dass sie, die schreibt, ich ist, aber dass ich dieses Ich nicht bin. Ich versuchte, im Wohnzimmer zu stillen, mit zwei großen Kindern um mich, während sich das Kind, das ich stillte, von der Brust abwandte, weil es sehen wollte, was vor sich ging. Ich saß mit entblößter Brust und steifem Hals in dem kleinen Wohnzimmer, bevor ich die Bluse runterzog und mit dem Kind ins Schlafzimmer ging. Hier, sagte ich. Trink. Schlaf jetzt, aber sie weigerte sich, denn sie wollte dabei sein, es wurden lange Abende mit wenig Schlaf.

Das Leben auf dem Land ist schwer und leicht zugleich. Und es sollten Tage und Nächte kommen, wo ich mich selbst fragte, ob das Alphabet, das die meisten von uns beherrschen, noch alle Buchstaben hatte. Es gibt mich, schrieb ich. Wir haben eine Tochter bekommen. Sie hat zwei große Brüder, gute Jungs, aber mein Mann ist krank. Es muss gut gehen. Am Ende wird alles gut. Man muss nur durchhalten, schrieb ich. Ja, das muss ich glauben, denn auf dem Dachboden des Hauses am Fjord, wo ich aufgewachsen bin, liegt ein grünes Poesiealbum. In dieses Album hat mein Vater mit Kugelschreiber und in Schreibschrift geschrieben, wahr sei auch dann wahr, wenn niemand sage, dass es wahr ist.

I

WASSER IST EIN GESCHENK. Wasser ist eine Mutter. Und einmal dachte das Kind, wie alle Kinder, dass ihre Mutter nicht ihre wahre Mutter sei. Da ging das Mädchen zum Meer, aber ging sie, falls sie in einem Tal aufwuchs, nicht eher zum Fluss, der voller Schmelzwasser aus den Bergen kam? Sie stand am Flussufer oder an einem steinigen Strand im Landesinneren und blickte mit ihren Fragen auf den tiefen Fjord. Wenn sie den Kopf hob, sah sie einen niedrigen und eng beschnittenen Himmel. Berge verdeckten die Sonne, um die Berge schmiegten sich Wolken. Der Berg presste das Wasser aus den Wolken, wrang sie aus wie einen Waschlappen. Sie stand unten im Tal, am Fjord, das Gesicht zum Himmel gewandt, die Zunge den Regentropfen entgegengestreckt, die fielen, bis der Schnee kam. Dann ging sie heim zu ihren Eltern und setzte sich auf ihren Stuhl am Küchentisch. Ihr Vater kam ihr mit Topflappen und dem Topf voller Kartoffeln entgegen. Als er sich umdrehte und die Lappen auf die Arbeitsfläche legte, sah sie, dass sein Hemd sich blähte wie ein Segel im Wind. Sie sah ihre Mutter an, die sagte: Sieht man in seinen Kindern nicht immer die eigenen schlimmsten Eigenschaften? Vater schöpfte mit der Kelle Sauce über die Kartoffeln. Die Schwester saß auch am Tisch, sie war auf Skiern vom Berggipfel hinabgefahren. Die Schwestern sahen einander über den Tisch an, teilten, ohne ein Wort zu wechseln, mit diesem Blick den gleichen Gedanken: Bist du meine Schwester? Nach dem Essen stellten sich die Schwestern ans Fenster. Ihre Mutter ging vom Küchenfenster zu den großen Wohnzimmerfenstern und sah hinaus. Bald war es ganz dunkel. Die Mutter fragte sich selbst und die Töchter, wo ihr Bruder sei. Der ist sicher bald da, sagte ihr Vater und blätterte eine Seite des Buches um, das er las. Die Schwestern, jede an einem Wohnzimmerfenster, sahen auf das schneebedeckte Gras. Da fiel ihnen ein, dass auch sie einmal in einem Haus aus Wasser gewohnt hatten, von Fleisch umgeben. Der Name des Hauses war Mutter.

Unsere Tochter ist anderthalb Jahre alt. Mama, sagt sie, greift mir in die Haare und zieht mein Gesicht zu sich heran. Meine liebe Tochter, flüstere ich. Eines Tages lehre ich dich schwimmen, das verspreche ich dir. Jetzt ist Oktober, und draußen ist es kalt, bis zum letzten Wochenende habe ich jeden Tag gebadet. Ich bin abends schwimmen gegangen, wenn unsere Tochter zu Hause schlief. Wenn ich auf das große und offene Meer zuschwamm, spürte ich, dass wir zusammen waren. Ich und meine Tochter, die zu Hause in der Wiege lag. Eines Tages würde sie mit mir hierherkommen. Eines Tages würden wir weit hinausschwimmen, hinterher würden wir auf den Uferfelsen stehen und uns innig und vertraut unterhalten. Wir würden uns eine Fahne machen, oder vielleicht könnten wir ein Schild zusammennageln? Mutter und Tochter forever, würde auf dem Schild stehen, wir würden die letzten Meter zum Strand gehen, nachdem wir unsere Fahrräder an den hohen Büschen abgestellt hatten, da, wo die Straße endet und die Treppe zum Strand beginnt.

Ich würde sie alles lehren. Ich würde ihr zeigen, dass Schwimmen im Grunde eine Arbeit war. Ich würde ihr von der Zeit erzählen, als ich mit sechzehn auf dem Sportgymnasium im Schwimmbecken fiktive Leben rettete. Wie ich mich bekleidet vom Fünfmeterbrett stürzte, in vier Meter Tiefe tauchte und mir dort die quadratische Puppe aus hartem Plastik packte. Ich würde ihr zeigen, wie man jemandem, den man vom Grund hochholen will, unter die Achseln greift, und wie man sich dann mit den Beinen zur Wasseroberfläche abstößt. Schau her, würde ich sagen, als ich kaum die Augen geöffnet hatte und noch nach Luft schnappte. Du musst dich hinhocken. Es ist einfach. Das schaffst du problemlos. Du, meine Tochter, wirst viele Leben retten, meines hast du auf jeden Fall gerettet.

Ich würde ihr eine Schwimmbrille und Schwimmflügel kaufen. Sie würde Flossen und eine Tauchermaske bekommen. Ich würde sie die Mund-zu-Mund-Beatmung lehren. Ich würde sie die stabile Seitenlage und die Herzlungenkompression lehren. Meine Tochter würde Brust- und Rückenschwimmen lernen, bis sie im Wasser ganz sicher war. Dann würden wir zusammen schwimmen, jeden Tag, jeden Sommer, bis sie eines Tages vielleicht selbst Mutter wurde. Dann würde ich meinem Enkelkind das Schwimmen lehren, und dann könnten wir alle drei zusammen schwimmen.

Das war ein schöner Gedanke. Es war eine große Verheißung, aber solange ein Kind ein Kind ist, musst du erwachsen sein, das Kind kann sich nur auf die Erwachsenen stützen. Noch weiß es nichts von einer Welt jenseits des Tals, nicht, dass der Fjord in ein Meer mündet, wo der Himmel höher und weiter ist als hier. Das Kind weiß nicht einmal, dass es am Meer sitzt, auch wenn es zu diesem Zeitpunkt schon Mutter, Vater und Wasser sagen kann. Mama, sagte meine Tochter, sie saß mit einem Plastikspaten in der Hand an Land, ich schwamm ein paar Meter vom Strand entfernt im Meer hin und her. Mama, rief sie, als ich weiter wegschwamm. Je weiter hinaus, umso besser, dachte ich, meine Tochter schien an Land gut zurechtzukommen. In der Sonne war es warm, im Wasser war es warm. Der Abgrund zog mich an. Baute sie ein Sandschloss? Mit ihrem Eimer holte sie Wasser aus dem Meer, kippte einige Schippen Sand hinein und rührte um. Kochte sie? Tomatensuppe mit Makkaroni?

Ich machte längere Züge. Das Meer war wie Samt. Das Meer sagte, jetzt schwimmst du, so weit du kannst. Jetzt schwimmst du auf die andere Seite. Auf der anderen Seite ist ein neues Land. Ich glaubte, dass das Meer zu mir sprach. Ich träumte davon, den englischen Kanal zu durchschwimmen, sah die Strömungen vor mir, mit denen und gegen die man kämpfen muss. Ich war schon in starke Strömungen geraten, beide Male hatte ich große Angst gehabt, zugleich hatte es mir gefallen, diese Gewalten zu spüren, das kann mir auch beim Skifahren in den Bergen passieren, an einem ruhig wirkenden Ostermorgen, bevor sich ein Sturm zusammenbraut. Also wovor hatte ich Angst? Ich hatte Angst davor, nicht vorbereitet zu sein, wenn diese Gewalten zuschlugen. Ich hatte Angst, nicht durchzuhalten. Ich hatte Angst davor, panisch zu werden, den Kopf einzuschalten, wo eigentlich der Körper bestimmen sollte. Ich hatte Angst, dass die Strömung mich zurückwerfen oder festhalten würde, bis mich die Kräfte verließen. Der Bruder meiner Großmutter war ertrunken. Er war im Suldalsvatnet ins Eis eingebrochen. Er war mit Schlittschuhen in einen Spalt gelaufen. Der See ist tief, und seit er aufgestaut wurde, friert er nicht mehr zu. Eine Fähre wurde versenkt, vor dem Versenken hat man sie mit Dynamit gefüllt. Wenn der See zufror, wurde er zur Straße. Bevor der Staudamm und die Straße mit den Tunnels kamen, konnten Lastwagen über den See fahren, jetzt machte mir das seichte Wasser Angst.

Ich stellte mir vor, wie es wäre, von Helsingborg nach Helsingør zu schwimmen, damals versuchte ich gerade, einen Roman zu schreiben. Das ist gar nicht so weit, dachte ich, als ich die Strecke in Google Earth heranzoomte. Wie viele Stunden wären das? Ich könnte es nicht allein machen. Ich müsste ein Begleitboot haben, Rettungsweste, vielleicht einen Nassanzug? Ich kehrte zum Schreiben zurück. Wie viele Kilometer waren das überhaupt? Vier, also viertausend Meter. Das könnte gehen! Ich schrieb weiter, hörte wieder auf. Woran dachte ich? Helsingborg–Helsingør? Im Øresund gab es ungeheuer starke Strömungen. Außerdem war das eine der meistbefahrenen Seestrecken der Welt. Und wie weit war ich, wenn ich ehrlich war, das letzte Mal geschwommen? Siebzig Meter? Weniger? Jetzt steckst du fest, im Leben und im Schreiben, sagte ich mir. Jetzt fehlt nicht mehr viel, und das Schreiben und das Leben fallen über dich her. Ich stand auf, ging vom Schreibtisch zur Wiege unter dem Dach, wo unsere Tochter schlief. Wie schön sie ist, dachte ich und erinnerte mich, dass ich einmal so weit hinausgeschwommen war, wie ich konnte, und gespürt hatte, wie ich schwerelos wurde und wie der Körper einen Weg fand. Ich hatte einen Sinn gefunden. Alles an Land würde sich wieder bewältigen lassen. Ich musste nur zu Ende schwimmen können, dann würde ich als normaler Mensch und ausgeglichene Mutter an Land gehen. So war es. Das Schwimmen erleichterte allen den Umgang mit mir, vielleicht musste ich gar nicht so lange schwimmen? Schwimmen machte mich zu einer besseren Mutter.

Durch das Schwimmen konnte ich auf eine neue Weise mit dem Schreiben fortfahren. Mein Schreiben hatte durch das Schwimmen eine neue Dimension gewonnen.

So dachte ich, wenn unsere Tochter schlief. Ich sah sie an, wachte sie nicht gerade auf? Im nächsten Sommer würden wir zusammen schwimmen. Dann kam Brabbeln, die Arme wedelten, sie drehte den Kopf hin und her, war wach. In ihrem Weinen hörte ich die Stimme, die mir im letzten Sommer zuschrie: Jetzt reicht's! Komm aus dem Wasser! Das war mein Mann. Er stand an Land neben einem kleinen rosa Punkt in weißen Windeln, der auf und ab hüpfte. Ich schwamm so schnell ich konnte zurück. Ich hörte sie, bevor ich ihr Gesicht sah. Meine Tochter war wütend und hysterisch zugleich. Mama! Wo bist du? Mama? Im nassen Badeanzug streckte ich ihr die Arme entgegen. Sie wandte sich von mir ab und sagte: Ich sehe dich nicht. Ich habe keine Mama. Meine Tochter stand an Land und schrie aus vollem Hals. Das Schreien brachte meine Kindheit zurück. Ich dachte an Eirik, den Onkel meines Vaters, und seine Frau Borghild, die den Hof für uns geführt hatten und nun auf der anderen Seite des Hofplatzes wohnten, daran, dass sie manchmal mit uns zum Bergsee gefahren waren. Keiner der beiden hatte schwimmen gelernt, darum banden sie meiner Schwester und mir Seile um. Einmal bekamen wir einen Reifenschlauch als Schwimmreifen. Das Seil war etwa fünfundzwanzig Meter lang, aber wir durften baden, solange wir wollten.

Ich bin eine Tochter, die eine Mutter ist, die eine Schwester hatte, die den Sommer über Gras mähte. Ich war neun Jahre alt. Die Wiese war steil, aber es führte kein Weg dorthin, wir mussten die Mähmaschine im Boot hinbringen. Im Boot saßen alle, die mit anpacken würden: mein Vater, mein Großvater, Eirik, meine Großmutter, meine Schwester und ich. Mit einem Fuß, beide Hände auf den Rändern, schob mein Vater das Boot ins Wasser. Niemand trug eine Rettungsweste. Ich schaute über den Bootsrand auf den Grund, er war klar und deutlich. Dann kam Wind auf. Die Wellen im Fjord waren hoch. Der Fjord kam in Bewegung. Die Mähmaschine schwankte. Der Fjord war tief und kalt. Es frischte auf. Der Wind wurde stark. Ich konnte den Grund nicht mehr sehen. Mein Vater war bleich. Meine Großmutter drehte Daumen, den Blick wie nach innen gerichtet. Hatte sie Angst? Sah sie, wie tief das Boot im Wasser lag, wie hoch und weiß die Wellen an das Boot schlugen? Meine Großmutter war hier und nicht hier. Sie glitt in die Zeit hinein und aus ihr heraus, sie war, was die Ärzte altersdement nannten. Eine Welle schwappte ins Boot und Großmutter ins Gesicht. Ihr Kleid wurde nass. Außer meinem Vater und mir konnte niemand im Boot schwimmen, wie sollte das enden? Der winzige Außenmotor tuckerte. Wer von uns würde es schaffen?

Wir erreichten das Ufer. Wir stiegen aus dem Boot und bugsierten die Mähmaschine an Land. Vater, Großvater und Eirik zogen das Boot auf den Steinstrand. Vater vertäute es an einem Baum. Jetzt musste die Wiese gemäht und das Gras von dem Schwad, den Vater gemäht hatte, entfernt werden, damit das Mähmesser den nächsten Schwad schneiden konnte. Das Gras wurde mit der Heugabel zusammengerecht und die Wiese geharkt. Großvater mähte die Ränder mit der Sense. Eirik und mein Vater setzten Pfähle und zogen Drähte. Großmutter, meine Schwester und ich schüttelten das Gras, bevor wir es zum Trocknen über die Drähte hängten. Der Wind hatte nicht nachgelassen. Wenn es nicht regnete, würde das Gras schnell trocknen. Schwimmen? Wir werden sehen, sagte mein Vater, als ich ihn fragte. Vielleicht schaffen wir ein kurzes Bad, bevor wir am Abend heimfahren.

Das Leben im Wasser war nur ein Traum. Meine Tochter hatte die Wahrheit gesagt. Sie orientierte sich völlig zu Recht in neuen und anderen Fahrwassern. Sie hatte keine Mutter, das war für uns beide schmerzlich. Während ich da draußen schwamm, hatte sie gehen und auch hüpfen gelernt. Sie hatte den Schnuller weggelassen, bald auch die Windeln. Sie sprach jetzt in vollständigen Sätzen. Hier begann die neue Zeit, hinaus in den weißen, leeren Raum. Wie würde es uns ergehen, wenn wir voneinander getrennt waren? Sollte ich dem Willen eines Kindes nachgeben, das eines Tages fragen würde, warum bist du du und nicht ich? Warum bist du von mir weggeschwommen, als ich an Land stand und auf dich gewartet habe? Für mich war es weiß, für sie schwarz. Ihr Zeitempfinden war nicht meines, sondern das eines Kindes, vielleicht hatte meine Tochter geglaubt, dass sie ihre Mutter nie wiedersehen würde? Jetzt musste sie zurückgewonnen werden und zwar sofort. Jetzt musste ich sie beruhigen. Jetzt musste ich sie zu mir locken und um ihr Vertrauen werben. Hier bin ich, sagte ich. Sie sah mich lange an. Sie hielt meinem Blick stand, bis ich wegsehen musste. Was war geschehen? Sie war in kurzer Zeit von einem völlig abhängigen Säugling zu einem eigenständigen Menschen geworden. Komm her, sagte ich und nahm sie auf den Arm. Alles ist gut, sagte ich und drückte sie fest an mich. Da kamen die Tränen. Sie ist meine Tochter, und ich erkenne mich wieder. Ich dachte an meine Zeit im Tal, an den Weg zu meiner besten Freundin, ich machte einen langen Umweg, um nicht an drei schlimmen Hunden vorbeigehen zu müssen. Einer hieß Blitz, aber er war zum Glück angekettet. Wenn wir uns sehen wollten, mussten wir den Fluss überqueren, aber wir hatten immer panische Angst, dass der Storåno plötzlich ansteigen könnte. Auf einem Schild am Fluss, gleich neben der Reichsstraße, stand: ACHTUNG! Regulierte Flüsse und Bäche können ohne Vorwarnung abgelassen werden. Ein Pegelanstieg aufgrund von Wasserentnahme oder Wasserableitung ist jederzeit möglich. Wir überquerten den Fluss mit gespitzten Ohren und offenem Mund, lauschten auf Vorboten des abgelassenen Wassers, denn wir glaubten gelesen zu haben, dass der Stausee jederzeit und ohne Vorwarnung in einer Riesenwelle aus den Bergen über uns hinwegschwappen könnte. Beim Einatmen roch ich am Haar und Hals meiner weinenden Tochter. Ihr Weinen war so bodenlos, als hätte sie im Innern eine ganze aufgestaute Wasserlandschaft.

2012, hochschwanger, las ich *Warum glücklich statt einfach nur normal?* von Jeanette Winterson. Sie schreibt, Prosa und Gedichte seien wie Medikamente. »Sie heilen den Riss, den die Wirklichkeit in die Vorstellungskraft schneidet«, und dann: »Wenn es also heißt, Gedichte seien ein Luxus, eine Option oder nur etwas für die gebildete Mittelschicht, oder sie seien in der Schule verzichtbar, weil irrelevant, oder sonst etwas von den seltsamen und bescheuerten Dingen, die über Lyrik und deren Platz in unserem Leben behauptet werden, dann behaupten das vermutlich Leute, die es immer ziemlich leicht gehabt haben. Ein raues Leben braucht eine raue Sprache – und genau das schafft die Lyrik. Das ist es, was die Literatur uns gibt – eine Sprache, die mächtig genug ist, um zu sagen, wie es ist.«

Jeanette Winterson erzählt von ihrer misstrauischen und streng religiösen Mutter, die ihr verbot, Romane zu lesen, da das Problem mit ihnen sei, dass man nicht wissen könne, was drinsteht, bevor es zu spät sei. Winterson las heimlich und fragte sich jedes Mal, wenn sie ein Buch aufschlug, ob nun das Ende nah sei und die Welt untergehen werde. Geschah es jetzt? Wann war es zu spät? Sie beschreibt ihren Zorn, der groß genug gewesen sei, um ein ganzes Haus zu füllen. In ihrem Bett, unter der Matratze, bunkerte sie Taschenbücher. Wie das Bett der Prinzessin auf der Erbse wurde auch Jeanettes Bett höher, bald schlief sie näher an der Zimmerdecke als am Boden, aber wie gesagt: »Mutter war grundsätzlich argwöhnisch, aber selbst wenn es anders gewesen wäre, war deutlich, dass ihre Tochter in dieser Welt hoch hinaus wollte.« Winterson beschreibt den Abend, als ihre Mutter die unter der Matratze versteckten Bücher entdeckt. Rasend vor Wut wirft sie einen Roman nach dem anderen aus dem Fenster in den Hof, überschüttet die Bücher mit Paraffin und zündet sie an. Die Flammen erleuchten die eiskalte, dunkle Winternacht. Am nächsten Morgen bedecken Papierfetzen und ein verkohltes Bücher-Puzzle den ganzen Hinterhof. Da versteht Jeanette Winterson etwas Wichtiges: »Was immer außen ist, kann einem jederzeit genommen werden. Nur was man im Inneren hat, ist sicher. [...] Ich war beschädigt und ein sehr wichtiger Teil meiner Person war zerstört worden– das war meine Wirklichkeit, die Fakten meines Lebens; doch jenseits der Fakten war die Person, die ich sein konnte, wie ich mich fühlen konnte, und solange ich dafür Worte, Bilder, Geschichten hatte, war ich noch nicht verloren.«

Wintersons Buch ist eine Autobiografie, das Regime ihrer Mutter, Mrs Winterson, ist irrwitzig und böse. In der Schublade liegt ein Revolver, Bücher sind verboten.

Beim geringsten Anzeichen oder Verdacht von Ungehorsam wird Jeanette nachts auf die Treppe vor dem Haus verbannt oder in den Kohlenkeller gesperrt. Sie ist adoptiert und lebt bis zu ihrem sechzehnten Lebensjahr unter diesem Regime. Winterson zeigt, wie Geschichten in einer Welt, die widersinnig, ungerecht, unerklärlich und unkontrollierbar ist, zu einer Form von Entschädigung werden. Wenn wir eine Geschichte erzählen, schreibt sie, »üben wir Kontrolle aus, aber so, dass eine Lücke, eine Öffnung bleibt. Es ist eine Version, aber nie die endgültige. Und vielleicht hoffen wir, dass das Schweigen von einem Menschen gehört wird und dass die Geschichte sich fortsetzen und neu erzählen lässt. Beim Schreiben stellen wir das Schweigen genauso heraus wie die Geschichte selbst. Wörter sind das, womit man dem Schweigen Ausdruck verleiht.«

Es ist warm, die Schwimmbedingungen sind optimal. Meine Schwester ist in den Bergen Ski gefahren und steht jetzt in ihrem brandneuen Badeanzug hier, mit mir, am steinigen Ufer. Meine Schwester ist zehn Jahre alt. Meine Schwester ist eine Mauer. Meine Schwester war immer mein Dach über einer stürmischen See. Meine Schwester schwimmt schnell, sie ist schon an mir vorbeigeschwommen, als sie um die Landzunge verschwindet, fällt mir Eldrid Lunden ein. Sie hat gesagt, wenn man als junge Autorin mit dem Schreiben anfange, wähle man seine Motive nicht frei und analysiere vermutlich auch nicht viel. Dann vergehe die Zeit, nach und nach könne man Dinge in die früheren Texte hineinlesen, die, als man sie schrieb, ganz unmöglich gewesen wären. Ich fuhr mit dem Zug nach Bø, ich erinnere mich, dass ich zitterte. Kurz vor der Begegnung mit Eldrid Lunden war mein erster Roman erschienen. Ich erinnere mich, dass bei unserem Vater Krebs diagnostiziert worden war, Metastasen. An dem Sommertag, als ich im Zug nach Bø saß, nahm er den Haukeli-Express in die entgegengesetzte Richtung, er fuhr zur Bestrahlung in die Osloer Universitätsklinik. Man kann, außer in der Literatur, nicht an zwei Orten zugleich sein. Das weiß ich jetzt.

Ich kann nicht mehr schreiben und schlage nach, was Geir Gulliksen in dem Essay »Privat und unpersönlich. Über Geständnisse und über das Leben mit paradoxer Leichtigkeit« über Eldrid Lunden geschrieben hat. Sie habe einmal definiert, was Texte privat wirken lasse, dafür müsse der Leser das, was der Schriftsteller schreibe, besser verstehen als der Schriftsteller selbst: »Sollten wir von öffentlichen Geständnissen wirklich verlangen können, dass sie eine Form haben? Dass sie dazu beitragen, aus dem zu lernen, was wir erfahren. Ist es sinnvoll, das so zu sagen? Durchaus, aber es ist fast zu sinnvoll, es macht es zu einfach, zu gut gemeint, zu eingrenzend. Welche moralische Norm folgt daraus für das, was gesagt oder geschrieben werden kann? Niemand kann wichtige Geständnisse machen, ohne die eigenen oder die Grenzen anderer zu verletzen, ohne ein wenig die Kontrolle über das zu verlieren, was er zu sagen versucht. So gehört doch zum Überschreitenden und Ergreifenden literarischer Texte, dass alle Vorstellungen davon, was geschrieben werden kann, in Bewegung geraten. Es gilt übrigens nicht nur für Belletristik, sondern auch für viele gute Sachbücher und sehr viele gute Gespräche, dass das Gesagte an die Grenze dessen geht, was als Äußerung höflich, angemessen oder sinnvoll scheint.«

Ich denke an meinen Vater, der, nachdem die Chemotherapie im Bergener Haukeland-Krankenhaus abgeschlossen war, allein im Bus zur Osloer Universitätsklinik und zurück saß, im Vertrauen auf eine alternative Behandlung, als es keine Alternative mehr gab. Ich denke daran, dass er sich, dort angekommen, im Wartezimmer auf den Fußboden legte, dass ich nicht da war, dass er erschöpft war, dass es Juli war, dass er da spürte, wie sein Herz zu schlagen aufhörte. Ist das der Ort, wo das Herz aufhört, oder findet es hier seinen Anfang? Er senkte den Blick und sagte, man kennt sich selbst erst, wenn man nicht mehr auf den Beinen stehen kann.

Draußen ist Juli, das Jahr ist 2003, du gehst in Wollsocken durchs Wohnzimmer. Die Füße bewegen sich langsam, bewegen sich mit kleinen Schritten. Du bist von deinem Herzen gezeichnet. Ich kann dir nicht mehr in die Augen sehen, denn da sehe ich nur, dass du aufgegeben hast. Du gehst als tickende Uhr über den Fußboden. Du ziehst dich allein aus dem Bett hoch. Ziehst dich mit beiden Händen aus dem Bett, streckst dich nach oben. Raus aus dem Bett, aus dem du bald nicht mehr aufstehen wirst. Denn das Schlagen der Uhr klingt wie ein Herz, das in einer Wollsocke steckt. Du leugnest. Du gehst in deinen Wollsocken über den Fußboden, das blau gestreifte Hemd schlägt am Rücken Falten. Du gehst durch den Flur, an dem großen braunen Spiegel vorbei, und wenn du vorbeigehst, wendest du dich ab. Es ist ein schöner, warmer Sommertag. Vor zwei Wochen bist du fünfzig geworden. Du hattest das weite, gebügelte blaue Hemd am Hals zugeknöpft und trugst einen Schlips. Auch da hast du Wollsocken getragen, wie an jenem Februartag, als du dich beim Schlittschuhlaufen mit den Stöcken Schritt für Schritt landeinwärts über das Eis gezogen hast. Du hast schwer geatmet, die Arme auf die Stöcke gestützt, nach unten auf die Spur geschaut. Der Atem ging hinein hinein hinein, und als du ausatmen wolltest, wurde dein Gesicht blau. Du hast dich übergeben. Der Atem, der jetzt über den Fußboden geht, dieser Atem richtet dich nicht auf, sondern schnürt dich zusammen, er füllt dich. Dieser Atem füllt sich mit Wasser. Du bekommst keine Luft. Deine Lungen sind mit Wasser gefüllt, du stürzt, gegen das Waschbecken. Die Übelkeit, der Husten, sie breiten ihre Zeiger über dich.

Ich glaube nicht daran, sich anzuvertrauen, ich glaube nicht, dass es in der Öffentlichkeit oder im Alltag sogenannte Geständnisse geben kann, ohne dass etwas Privates, die Grundfeste in dir, einstürzt. Weniger melodramatisch, nüchterner gesagt: Ich weiß, dass es vielschichtige Wahrheiten und Systeme gibt. Sichtbare und verborgene, aber was für dich sichtbar ist, kann anderen, aus gutem Grund, verborgen sein. Kannst du schreiben, ohne dass die Grundfeste in dir wegbricht? Geht das? Wenn ich Eldrid Lunden traf, die Königin in Bø, würde ich sie direkt fragen: Wie wird man zur Leserin des eigenen Textes? Du schaffst Distanz, sagte sie. Wie schafft man Distanz?, fragte ich. Du wartest, sagte sie. Es braucht Zeit, Distanz und Warten. Dann kann es vielleicht was werden, sagte sie. Daran habe ich seither oft gedacht. Es ist fünfzehn Jahre her. Eldrid Lunden sagte, die Fragen laufen nicht weg. Ein Dichter hat viel Zeit. Wir können alle blind sein, es ist wichtig, das nicht zu vergessen.

Das Radio läuft, jetzt spielen sie ein schwedisches Volkslied. Im Fernsehen werden 800 Meter gelaufen. Es ist Sonntag, Leichtathletik-Weltmeisterschaft und 800 Meter. Radio und Fernsehen senden gegeneinander an, reden übereinander weg, über dich hinweg, der du ausgestreckt auf dem Sofa liegst. Vier Kissen im Rücken, die Hände halten eine Zeitung. Du liegst auf dem hellroten Sofa, die Finger zu fest um das *Stavanger Aftenblad* von gestern. Du liest die Zeitung nicht, du hältst sie nur hoch, ohne umzublättern. Dann sagst du, dass ich lernen und die Schule fertig machen muss. Zu meiner Schwester sagst du, dass sie weiterhin Ski laufen muss. Die Sommersonne steht niedrig, Saïd-Guerni ist bei 1.44,81 im Ziel. Er hat mit drei Hundertstel gewonnen, Juri Borsakowski ist zweiter geworden. Du liegst auf dem Sofa. Registrierst und notierst alle Zeiten, eine Distanz nach der anderen. Den ganzen Abend, den ganzen Tag; das Fernsehen zeigt einen Wettkampf nach dem anderen. Neben dir der gelbe Putzeimer; der Startschuss, jetzt sind sie im Ziel. Der Eimer füllt sich und wird geleert, die Augen fallen zu. Du klammerst dich an mich, alles in dir ist in Bewegung. Hin und her hinter deinen Augen.

Und draußen? Draußen wächst das Gras, Tag für Tag. Du sagst, dass du die steilste Wiese mähen musst, dass du an diesem spiegelblanken Tag die Mähmaschine anwerfen wirst, den Hang mähen. Du bist ungesichert, hast dich nicht angeseilt, dich über deine und unsere Kräfte hinaus gefordert, und du weißt: Hier und jetzt ist Schluss. Eine Sonne fällt flach über das Gras, fällt auf das Sofa, dir in die Augen. Da drinnen leuchtet eine gelbschwarze Sonne auf, du ziehst und zerrst am Glockenstrang. Aber die Glocke kann nicht klingen, sie schlägt nur die Stunden, denn du weißt, nein, du willst nicht wissen, also weißt du nichts. Du verschwindest. Du senkst den Blick. Du spürst, wie dein Herz stehen bleibt, wenn das Wasser steigt, sich in dir staut. Deine Lunge ist voll, deine Lunge wird entleert, bald wird wieder abgesaugt. Jeden Tag sammelt sich Wasser in deiner Lunge. Du hievst dich aus dem Bett. Eine Minute vergeht. 1.44,81, zwei Minuten, drei. Der Husten lässt nicht nach, und der Eimer ist voll, gelb fällt die Sonne. Diese Sonne ist gelb, orange der Himmel hinter deinem Kopf. Weißt du noch? Als die Haare über den Wohnzimmerboden verstreut lagen. Du hast dich an den Kopf gefasst und gesagt: Ich habe mir überlegt. Heute die Wiese, den Hang zu mähen. Du lagst im Bett. Du gingst durchs Zimmer. Du stelltest dich hinter die Mähmaschine, doch dann übernahm meine Schwester, sie führte dich weg und mähte den Hang. Wir standen am Hang, alle zusammen, du saßt auf dem Stein vor dem Zaun, den Kopf in den Händen. Der Himmel verdunkelte sich, und wir hörten die Glocke, die dich rief.

*

Das Frühjahr kam früh, aber es war kalt. Meine Schwester war schon weit ins Wasser hineingegangen. Nun komm schon, rief sie, sie stand bis zu den Knien im Wasser und schlug die Arme um den Körper. Wir müssen ja nicht weit schwimmen, sagte sie, tauchte unter und schwamm los. Hineingehen war wirklich hart, nur einen Fuß vor den anderen setzen. Man muss den ersten Schritt ins kalte Element tun, sich beim nächsten stählen, das Wasser bis an die Knie reichen lassen, die Oberschenkel, die Hüfte, die Bauchmitte. Dann beugst du dich vor. So nimmst du an und stößt dich ab. Du musst deinen Atemrhythmus finden. Du musst aushalten, akzeptieren, zulassen, dass das Wasser dich umschließt, ein Teil von dir wird oder du ein

Teil von ihm. Die ersten fünf Züge sind die schlimmsten. Der Wechsel von einem ins andere Element ist ebenso unnatürlich wie absolut natürlich, aber wenig angenehm. Schließlich, falls du nicht umdrehst, findest du wieder zu Atem und bewegst dich langsam durch Luft und Wasser zugleich.

Ich denke, dass Schwimmen dem Schreiben und dem Lesen ähnelt. Dass die ersten Züge der Art ähneln, wie ich mich selbst nicht gern sehe. Ich rede zu viel. Ich bin eine schlechte Zuhörerin. Schlimmer: Ich glaube, meiner Schwester zuzuhören, und rede dabei selbst. Das war die ganze Kindheit hindurch so, jetzt sind wir erwachsen. Beim Schwester- und Geschwistersein geht es wie beim Schreiben darum, sich selbst zu vergessen, von sich abzusehen, sich nicht zu beachten, eine Sprache zu finden, indem man Element und Temperatur annimmt. Es geht darum, sich tragen zu lassen. Das Schwebende zu fassen. Dich mit dem Vertrauen durch Schleim, Rotz, Fett, Benzin, Wasser- und Luftverschmutzung zu kämpfen, dass alles, was du gesehen, gedacht, verstanden und gefühlt hast, mit dir an Land gehen wird. Dass die Erkenntnisse im Wasser und darunter einen wasserfesten Abdruck hinterlassen werden, den du mit anderen teilen kannst. Es geht darum, zu glauben. Zu glauben, dass du Entfernungen zurücklegen kannst, die im wirklichen Leben vielleicht nicht zu bewältigen sind. Es geht darum, etwas zu wagen. Zu wagen, sich zu öffnen, obwohl du weißt, dass dir alles, was äußerlich existiert, jederzeit genommen werden kann, aber dass es eine Schwester oder einen Bruder gibt, die diesen Ort in dir schützen können und ihn damit sicher machen.

Während ich das schreibe, kann ich mich nicht von dem Anblick des schwer atmenden, frisch operierten Stig Larsson am Beginn des Dokumentarfilms *Livet, enligt Stig Larsson* frei machen. Unter einer dicken Pelzmütze schaut er über einen vereisten See. Nein, es ist der Fluss am Haus seiner Großeltern, wo er aufgewachsen ist, und in den er eines Tages, nachdem er Fellinis *La Strada* gesehen hatte, geradewegs hineinlief, um sich zu ertränken. Aber der Fluss ist flach, nach dreihundert Metern, das eiskalte Wasser reicht ihm an die Knie, kehrt er um. An Land trifft er auf ein sechsjähriges Kind. Das Kind hält einen Ast und ist so ernst, wie nur Kinder es sein können. Ich töte dich, sagt es und richtet den Stock auf Stig Larsson. Seither habe ich nicht mehr versucht, mir das Leben zu nehmen, sagt er.

In dem Dokumentarfilm lässt Larsson erkennen, dass das Leben immer weniger wird. Dass es jetzt schrumpft. Mehr Schatten und weniger Licht bekommt. Sein Ziel als Schriftsteller war, das Begehren so weit zu treiben wie irgend möglich, bis hin zum Ekel. Auf dass sich die Menschen noch in vierhundert Jahren an seine Bücher erinnern. Er weiß, dass seine besten Bücher hinter ihm liegen. Wie das Gedicht »Ein Fehler« aus der Gedichtsammlung *Leichen* von 1993: »Man sollte sich damit abfinden, dass sich die eigenen Vorstellungen davon, was das Leben prägt, immer wieder als unhaltbar erweisen. Nicht nur das, was man Theorien nennt, sondern auch die Auffassungen, die man von Farben und Stimmungen hat, die Gedanken über die Absichten seiner Umgebung. Ich hoffe, dennoch gelassen zu bleiben, falls sich herausstellen sollte, dass ich wieder falsch liege. Meistens denke ich, wie ein Mantra: Über lange Zeit haben sich alle Menschen immer geirrt.« Vielleicht wird es auf diese Weise einfacher. Zu sterben. Jetzt kann ich nur noch lesen, sagt er.

Was also soll man tun? Wenn man glaubt und hofft, recht zu haben, aber lange Zeit falschlag? Man muss schreiben. Das Schreiben betreiben, mithilfe von Abstand und Zeit. In die Liebe hineinschwimmen, durch Hass zur Ekstase. Ja, ich springe und stoße mich ab, sinke durch blaugrünes Wasser, strecke mich, ziehe mich zusammen. Ich höre nichts und höre doch alles, denn hier, unter Wasser, sind auch andere. Ich schwimme durch eintausend Jahre alte Schwangerschaftsstreifen, durch das Licht hin zu einer neuen, imaginierten Weltenöffnung. Ich schwimme durch Beckenschmerzen, Brustentzündungen, Karpaltunnelsyndrom, die Herzfrequenzen deiner und meiner Kinder, ich falle und schwimme wie verrückt. In vierhundert Jahren, denke ich, PENG, TREIBGUT INS GESICHT, sind Zeit und Abstand da, um über richtig oder falsch zu entscheiden.

II

EIN NEUES JAHR, DIESELBE BUCHT, der kälteste Frühling, der kälteste Mai seit sechzig Jahren. Wir zwingen uns, ins Wasser zu gehen, meine Schwester und ich, machen einige fröstelnde Schwimmzüge, mehr nicht. Elf Grad. Beim nächsten Mal ist es ein Grad wärmer. Wir machen weiter, weil ich weiß, dass es, wie Schreiben oder Schwimmen und ungeachtet der Temperatur oder Zahl der Schwimmzüge, zu den wenigen Dingen im Leben gehört, die das Dasein kurz- wie langfristig verbessern. Ein Bad bereut man nie, und doch: Für mich funktioniert das nicht. Was ich damit sagen will: Es macht mir keine Freude mehr, nur ins Wasser zu laufen, um hineinzulaufen oder um keine von denen zu sein, die an Land bleiben. So war das im Sportgymnasium. Das ist zum Glück lange her. Damals wohnte ich in einem möblierten Zimmer in Sauda, mit fünfzehn, sechzehn, siebzehn, bis ich achtzehn wurde. Es war Technik, es war Wille, du kannst es Schwimmen nennen, wenn der Körper die nötigen physischen und anatomischen Bewegungen ausführt, die dich von A nach B bringen, aber für mich ist Schwimmen atmen, den Kopf leer bekommen und dabei mit Neuem füllen. Es ist frei leben, es kann dem Lieben ähneln.

Lesen bedeutet, sich im Alltag eine Welt zu erschaffen, sich einem mehrdeutigen, parallelen und simultanen Universum zu öffnen, das das Leben erleichtert und später, vielleicht darum, Schreiben ermöglicht. Das glaube ich, denn ich habe erlebt, wie sich der konkrete literarische Raum zu einem größeren und existentiellen Raum weiten kann. In ihrem Buch *Schreiben* von 1993 schrieb die damals 79-jährige Marguerite Duras über Einsamkeit. Duras schreibt, man finde sie nicht, sie habe die Einsamkeit und diesen Ort geschaffen, weil sie allein sein musste, um Bücher zu schreiben. Das brauchte sie also, aber sie spricht auch vom Nullpunkt, davon, in einem Loch zu sein, »auf dem Grund eines Lochs, in einer quasi vollkommenen Einsamkeit, und zu entdecken, daß nur das Schreiben retten kann. Ohne jedes Thema für ein Buch, ohne jede Idee für ein Buch zu sein, das heißt, sich vor einem Buch zu befinden, wiederzufinden. Eine leere Unermesslichkeit. Einem eventuellen Buch. Vor nichts. Vor so etwas wie einem lebendigen und nackten, einem schrecklichen, schrecklich zu überstehenden Schreiben.«

Angesichts dieses Nichts kann man sich nur ergeben oder aufgeben, aber wenn man still durchs Wasser gleitet, hat Schwimmen, wie Schreiben, seine eigene Syntax und Orthografie. Das erste Abstoßen ist der Satz, dem der nächste folgt, hin zu mehr Streckung und längeren Armschlägen. Nein, wer schreibt, hat nicht zwingend eine konkrete Idee von dem Buch, aber die Hände sind beim Schwimmen nicht leer, sondern voll Wasser, der Kopf liegt weich im Wasser wie in der Luft, der Körper scheint schwerelos. Beim Schwimmen kann man mit zwei Elementen zugleich in Berührung sein, mit Luft und Wasser.

Schwimmen ist, als schreibe man mit Kopf und Körper, beide offen, gleichzeitig. Leider kann nichts von dem, was man im Wasser denkt oder erlebt, dort geschrieben werden. Ich habe einmal mit meiner Lektorin darüber gesprochen, sie meinte, ich sollte beim Schwimmen ein Diktafon dabeihaben. Das war vor acht Jahren, und ich hänge immer noch dem kindlichen Glauben an, dass ich im Wasser geniale Gedanken habe, die weg sind, sobald ich wieder an Land bin. Sie erzählte vom Meeresleuchten, einem Lichtphänomen, das man erleben kann, wenn man im Spätsommer oder Herbst nachts im Meer schwimmt. In bewegtem Wasser gibt das Plankton, kleine einzellige Organismen, das Licht, das es über Tag aufgenommen hat, in die Nacht ab. Erst sieben Jahre später habe ich es selbst erlebt, die Wassertemperatur fiel, die Luft über dem Wasser wurde rauer, es war halb elf oder elf Uhr abends; plötzlich war ich bei jedem Schwimmzug von Aufblitzen und Leuchten umschlossen. Ich habe immer noch die

Straßenlaterne am Ufer vor Augen, dort, wo der Kiesweg und Asphalt aufeinandertrafen, und das gelbe Licht, das sie auf die schwarze Wasseroberfläche warfen.

Das Sommerbuch (1972) der Finnlandschwedin Tove Jansson überspannt mehrere Sommer, es ist eine Art Episoden-Roman in zweiundzwanzig Kapiteln, jedes Kapitel erzählt in sich abgeschlossen vom Sommer und den Menschen auf einer Insel im Finnischen Meerbusen, wobei Zeit und Ort zugleich ewig und entrückt sind. Die Geschichten auf der Insel spielen zwischen Traum und Realität, konkreter gesagt von Anfang April im Schein des Frühlingvollmonds, bis in den August, wenn die Nächte dunkel und nicht mehr so warm sind.

Das erste Kapitel, die erste Geschichte, heißt »Der Bademorgen«. Tove Jansson schreibt über den Sommer als Idee und die drei Hauptpersonen auf der Insel und im Roman: Sophia, ihr Vater und dessen Mutter, die über achtzigjährige Großmutter von Sophia mit ihrer kühnen Fantasie, ihren scharfen Kommentaren, ihren Herzmedikamenten und ihrem locker sitzenden Gebiss. Das Buch handelt vor allem von der Freundschaft zwischen der Großmutter und Sophia, die zusammen die Insel erforschen und über die Generationen hinweg voneinander lernen, der Vater bleibt meist im Hintergrund, er arbeitet konzentriert an seinem Schreibtisch.

Sophias Mutter ist tot. Irgendwann bekommt Sophia ein Katzenjunges, das aus einer Saugflasche Milch trinkt. Der Sommer schreitet voran, die Katze wird größer. Es ist eine graue Fischkatze, die Ma Petite heißt, aber Mappe gerufen wird. Zunächst ist sie fügsam wie ein Lämmchen und lässt sich von Sophia herumtragen. Doch die Katze wird größer und ihr Wille stärker. In einem Gespräch mit der Großmutter äußert Sophia die existenzielle Erkenntnis, dass es mit der Liebe komisch sei, je mehr man den anderen liebe, desto weniger könne der einen leiden. Die Großmutter stimmt zu, ja, genau so sei es, und fragt Sophia, was man machen könne, wenn man nicht zurückgeliebt werde. Man liebt weiter. Man liebt immer mehr und mehr, antwortet die Enkelin.

Eines Morgens legt Mappe einen graugelben Vogel auf die Türschwelle. Der Hals ist durchgebissen, auf dem Federkleid schimmern rote Blutstropfen. Sophia beschließt, drei Tage lang nicht mit Mappe zu sprechen. Ihre Katze ist ein Mörder, sie schleift Leichen in die Stube, noch bevor deren Blut getrocknet ist. Sophia wünscht sich, Mappe wäre niemals geboren. Oder sie wäre selbst nie geboren. Das Leben war hässlich geworden, nicht mehr zum Aushalten: »›Ihr sprecht also immer noch nicht miteinander?‹, fragte die Großmutter. ›Kein Wort‹, antwortete Sophia. ›Ich weiß nicht, was ich tun soll. Das macht überhaupt keinen Spaß, ihr zu verzeihen, wo es ihr doch ganz egal ist!‹ Und Großmutter wusste nicht, was sie darauf sagen sollte. Mappe wurde eine wilde Katze und kam nur noch ganz selten ins Haus. Sie hatte die Farbe der Insel, ein helles Graugelb mit streifenartigen Schattierungen, die an Felsen oder Sonnenflecken auf sandigem Meeresgrund denken ließen. Wenn die Katze durch Strandgras schlich, glichen ihre Bewegungen dem Spiel des Windes in den Halmen. Stundenlang lag sie lauernd im Gebüsch, eine unbewegliche Silhouette, zwei spitze Ohren gegen den Sonnenuntergang, plötzlich verschwunden … Und dann ein kurzes Piepsen, nur ein einziges Mal. Vom Regen durchnässt und dünn wie ein Strich, verschwand sie unter den geduckten Ufertannen, und wenn die Sonne wieder hervorkam, putzte sie sich voller Wollust. Mappe war eine vollkommen glückliche Katze, aber sie ließ niemanden an ihrem Glück teilhaben. An heißen Tagen rollte sie sich auf der glatten Felsplatte, ab und zu fraß sie Gras und würgte nach Katzenart ruhig und friedlich ihre eigenen Haare wieder heraus. Und was sie in der Zeit dazwischen tat, wusste niemand.«

Schließlich bekommt Sophia eine neue Katze, Svante. Svante schnurrt auf ihrem Schoß und lässt sich wie ein Püppchen oder Schwesterchen herumtragen, aber Svante hat keinen Charakter. Als ein Sturm aufkommt, schmeißt Sophia die mickrige Hauskatze mit den Worten »›Los! Jage! Tu etwas! Benimm dich wie eine Katze!‹ in den Wind hinaus. Dann fing sie an zu weinen. […] ›Was ist denn jetzt los?‹, fragte die Großmutter. ›Ich will Mappe zurückhaben!‹, schrie Sophia. ›Aber du weißt doch, wie es dann wird‹, sagte die Großmutter. ›Es wird schrecklich‹, sagte Sophia ernst. ›Aber ich kann nur Mappe lieben.‹«

Nachdem sie die Katzen wieder ausgetauscht haben, brechen Großmutter und Sophia auf der Nachbarinsel in das Sommerhaus des Direktors ein. Ein andermal kriechen sie in eine Höhle, wo die Großmutter dem Enkelkind erzählt, dass sie Pfadfinderin war. Sie baden zusammen, sie tauchen, in ihren Gesprächen und ganz konkret, in die Tiefe. Sie gehen am steinigen Ufer entlang, durch Gebüsch und an Wacholdersträuchern vorbei zum Sumpf, zur Landspitze, am Wasser zurück zum glatten Badefelsen. Ein Sommer ist eine Jahreszeit, die Kindheit eine Insel, die viel mit dem Alter gemeinsam hat. Am Direktor mit dem großen Haus auf der Nachbarinsel zeigt sich, wie sich die Kräfte des Kapitals in die karge Küstenlandschaft fressen. Der Müll des Direktors treibt an den Nachbarstrand und bleibt dort in den Netzen hängen. Alles, was der Direktor hat, ist zu groß, sagt Sophia.

Das Sommerbuch handelt vom Leben in Begegnung mit den Kräften der Natur und umgekehrt. Es handelt vom Überleben und davon, Menschen zu ertragen, die man nicht gern als Mitbewohner oder Nachbarn haben möchte. Es handelt von Nachbarschaft und Anstand, davon, sich treiben zu lassen, in der Schwebe zu bleiben. Denn ist es nicht das, was schon im ersten Kapitel, in

»Bademorgen« geschieht? »›Ich will baden‹, sagte das Kind und wartete auf Widerspruch, der aber nicht kam. Da zog sie sich aus, langsam und ängstlich. Auf jemand, der einfach alles erlaubt, ist kein Verlass. Sie steckte die Beine ins Wasser und sagte: ›Es ist kalt.‹ ›Natürlich ist es kalt‹, antwortete die alte Frau zerstreut. ›Was hat du denn erwartet?‹ Das Kind glitt bis zur Hüfte hinein und wartete angespannt. ›Schwimm jetzt‹, sagte ihre Großmutter. ›Du kannst doch schwimmen.‹ Es ist tief, dachte Sophia. Sie hat vergessen, dass ich noch nie allein im Tiefen geschwommen bin. Also kam sie wieder heraus, setzte sich auf den Felsen und erklärte: ›Sieht aus, als würde es heute schön werden.‹ Die Sonne war noch höher gestiegen. Die ganze Insel funkelte, das Meer ebenfalls, die Luft war sehr leicht. ›Ich kann tauchen‹, sagte Sophia. ›Weißt du wie das ist, wenn man taucht?‹ Die Großmutter antwortete: ›Klar weiß ich das. Man lässt alles los, holt tief Luft und taucht einfach. Man fühlt die Tangbüschel an den Beinen entlangstreichen, sie sind braun, das Wasser ist klar, nach oben hin wird es heller, mit Blasen. Man gleitet. Man hält die Luft an und gleitet, dreht sich um und steigt auf, lässt sich nach oben tragen und atmet aus. Und dann liegt man auf dem Rücken im Wasser und lässt sich einfach treiben.‹ ›Und immer mit offenen Augen‹, sagte Sophia.«

Der Junge sah, als wir zum Badeplatz kamen, dass auf dem glatten Uferfels zwischen zwei verschieden hohen Sprungbrettern eine Rutsche montiert war. Er lief lange hin und her, balancierte und wippte auf dem höheren Sprungbrett, bis er einen Satz machte und nach vorn hechtete. Geschafft! Danach ging es in rascher Folge und mit schnellen Bewegungen die Badeleiter hoch und wieder auf das höhere Sprungbrett, schließlich glitt er die Rutsche ins Meer hinunter, *Platsch Bumm*. Das ging lange so. Jetzt ist er ein Jugendlicher, aber damals war er ein Kind, das nach dem Springen und Spielen auf eine ziemlich lange Schwimmtour mitkam. Als er kleiner war, fürchtete er sich vor Haien und Krabben, jetzt hatte er Angst vor Feuerquallen (was sicherlich meine Schuld war), aber er war stark, und er hatte Gänge, die gelegentlich hoch- und dann wieder runtergeschaltet werden mussten, weshalb ich die »Spur« schwamm, und er folgte. Wir schwammen in eine Strömung hinein, blieben lange an derselben Stelle, mussten uns beide sehr mühen. Spürst du, wie der Sog dich packt?, fragte ich. Spürst du, wie wir uns anstrengen müssen, um voranzukommen? Ja! Er war froh und völlig furchtlos, sagte, er wolle jetzt versuchen, zum Grund zu tauchen, wie er es unter dem Sprungbrett getan hatte. Nein, sagte ich. Nicht hier. Komm, wir schwimmen weiter.

Man lässt alles los, springt und taucht, aber nicht, bevor man schwimmen gelernt hat. Vier Jahre zuvor war der Junge geschwommen wie ein Hund, womit ich meine, dass seine Schwimmzüge unter Wasser eher an Raufen und Balgen erinnerten. Sein Haar war golden, weiß, es war Kampf und Spiel, wir waren zusammen in sehr tiefem Wasser und schwammen lange, während der ältere Bruder uns folgte, indem er am Ufer über die Felsen kletterte.

Die Handlung im *Sommerbuch* wirkt idyllisch, doch sobald man unter die Oberfläche des Buches taucht, das in einfacher Sprache geschrieben ist, tun sich Abgründe auf. Es gibt einen Urwald namens »Geisterwald« mit abgestorbenen Bäumen, in dunklen Höhlen hausen Tiere, die man hören, aber nie sehen kann. Großmutter und Sophia finden Schädel und Skelette verschiedener Tiere. In Tove Janssons Schreiben ist *Das Sommerbuch* eine Zäsur. Es erschien 1972 zunächst ohne Illustrationen, vier Jahre später überredete der Verlag sie, das Buch zu illustrieren. Seine Welt erinnert natürlich an die Mumin-Trolle und die Figuren, für die Jansson bereits berühmt war, doch ist der Strich im *Sommerbuch* dunkler und erinnert an die makabren und finsteren Zeichnungen des amerikanischen Autors und Illustrators Edward Gorey.

Das Sommerbuch handelt von Leben und Tod. Von Kindheit und Alter, das Kind wird ernst genommen und in Gesprächen als ebenbürtig behandelt, und doch können weder das Kind noch die Erwachsenen über das reden, worüber sie vielleicht am liebsten sprechen würden. Die Mutter ist tot. Die Großmutter ist nicht mehr so fit wie früher. Bald kommt der Herbst.

Was wir sehen und kennen, ist das eine, was wir wissen, etwas anderes. Und doch kann ich beim Schreiben eine Verbindung zu dem fühlen, was über und dem, was unter der Oberfläche ist, zum Offenkundigen und dem Verborgenen. Die Sätze liegen noch in einer früheren Schreiberfahrung verkapselt, die sich im Prozess des Schreibens zu etwas öffnet, das zugleich alt und neu ist. Ich habe keine Garantie, dass ich beim Schreiben die Antwort finde oder dass sich die Antwort schriftlich formulieren lässt, aber ich glaube, dass es Fragen gibt, die nur das Schreiben, nur die Literatur stellen können.

Die Tiefe ist nur bei großer Klarheit zu sehen, sagte Schopenhauer, als er auf den Grund der klaren Schweizer Bergseen blickte. Es ging ihm nicht um die Oberfläche, sondern um das, was zwischen Oberfläche und dem Seegrund war. Aber es gibt auch trübes Wasser und trübe Texte. Ein trüber Text kann gut und wichtig sein, manchmal jedoch ist das Geschriebene trüb, weil die im Text enthaltenen Gedanken oder Gefühle nicht nach oben dringen oder vom Verfasser selbst nicht erkannt werden. Dann vermischen sich Inneres und Äußeres, und es entsteht keine Oberfläche. Subtext und Oberfläche sind eins, doch die Oberfläche hält nicht. Alles bleibt. Es ist nichts da, außer einer Suche nach Antworten, wo keine zu finden sind, bleibt alles undurchdringlich. Und während ich die brüchige Oberfläche beschreibe, darf mir nicht entfallen, dass nur Jesus auf dem Wasser gehen konnte.

An einem solchen Punkt sollte man weglegen, woran man schreibt, und lieber etwas anderes lesen, frei nach Harold Bloom im Vorwort seines Buches *Die Kunst der Lektüre – Wie und warum wir lesen sollten*: »Das richtige Lesen ist eines der großen Vergnügen des Alleinseins, denn es ist meiner Erfahrung nach das heilsamste Vergnügen. Es gibt den Zustand des Andersseins wieder, sei es in einem selbst oder in Freunden oder in jenen, die zu Freunden werden können. Die imaginative Literatur bedeutet Anderssein und mildert als solche die Einsamkeit. Wir lesen nicht nur, weil wir nicht genug Menschen kennen können, sondern auch weil die Freundschaft so verletzlich ist, weil es so wahrscheinlich ist, dass sie abnimmt oder schwindet, erzwungen durch Raum, Zeit, unvollkommene Sympathien und all die Sorgen des Familien- und Liebeslebens.«

Ich bin in der schwedischen Provinz Bohuslän, siebzig Kilometer nördlich von Göteborg, in Skärhamn auf der Insel Tjörn. Im vorigen Sommer haben wir auf der Insel gezeltet, einmal, als es regnete und stürmte, wie es das nur hier tut, schlug mein Mann einen Besuch im Nordiska Akvarellmuseet vor. Aquarelle, sagte ich gedehnt, während der Regen auf das Zelt prasselte. Aquarell kommt vom italienischen acquarello, sagte er. Es ist vom lateinischen aqua abgeleitet, das bedeutet Wasser. Und Wasser interessiert dich doch, sagte er. Okay, sagte ich, alles ist besser als das Zelt und der Campingplatz. Also fuhren wir nach Skärhamn ins Museum, wo ich erfuhr, dass Aquarelle nicht nur pastellige Bilder von Möwen, Sonnenuntergängen und Schärenlandschaften sind. Die Ausstellung hieß *Urkraft – Island in Wasser und Farbe*, sie zeigte Kunstwerke von der Vulkaninsel auf halbem Weg zwischen Atlantik und Grönlandmeer, Europa und Amerika. Es gab auch einen Wasserfall als Installation. Das Geräusch war ohrenbetäubend, die Bildauflösung des tosenden Wassers täuschend echt. Wir standen unter dem Wasserfall, der im Zeitlupen-Sturz in weiße Flöckchen zerstob. Der Mensch ist klein, sagte ich zu meinem Mann. Ja, antwortete er und trug unsere Tochter, die sich die Ohren zuhielt, zur Malwerkstatt für Kinder. Als wir wieder am Campingplatz ankamen, war unser Zelt ins Meer geweht.

Jetzt bin ich wieder hergefahren, denn das Schreiben war völlig zum Erliegen gekommen. Ich nahm das Auto. Auf der Fahrt rief ich meine Schwester an, dann rief sie mich an, wir hielten uns derzeit beide nur mit Mühe aufrecht, auch wenn meine Schwester das nie zugegeben hätte. Ich sagte, ich kann das mit dem Schreiben nicht mehr, der Aufwand ist zu hoch, ich (und die Familie), es geht nicht mehr. Ich zitierte aus Duras' *Schreiben*: »Ein Schriftsteller, das ist etwas Merkwürdiges. Das ist ein Widerspruch und auch ein Unsinn. Schreiben heißt auch, nicht zu sprechen. Heißt, zu schweigen. Heißt, lautlos zu schreien. [...] Das ist unmöglich. Es ist umgekehrt wie mit dem Film, dem Theater und anderen Vorführungen. Es ist umgekehrt wie mit jeder Lektüre. Es ist das Schwierigste von allem. Das Schlimmste. Denn ein Buch, das ist das Unbekannte, das ist die Nacht, das ist verschlossen, das ist es. Es ist das Buch, das vorangeht, das größer wird, das in die Richtung geht, die man erkundet zu haben glaubte, das seinem eigenen Schicksal entgegengeht und dem seines Autors, der nun vernichtet ist durch die Veröffentlichung: die Trennung von ihm, dem geträumten Buch, das wie das letztgeborene Kind immer das geliebteste ist.«

Ich erzählte, dass es gleichzeitig zum Lachen und zum Weinen war, Mutter und Stiefmutter zu sein. Denn was geschieht, wenn wir die Sprache zum Sprechen verlieren? Wenn die Sprache aus unterschiedlichen Gründen und vorgestellter Verantwortung einfriert, obwohl alles, was wir sagen wollen, in uns ist, dicht unter dem Eis? Was geschieht, wenn die Sprache zu etwas wird, das man verschweigt? Muss man immer schweigen, ist die einzige Alternative, dass das Verschwiegene ungesagt in einem schwelt? Kann sich das Verschwiegene im Körper festsetzen? Was geschieht an dem Tag, an dem die Sprache kommt? Ist das schön? Ist es wahr? Ich weinte am Telefon und wusste, dass ich mich zusammenreißen musste. Dann dachte ich, dass ich mich schon sehr lange zusammenriss, aber jetzt einfach keine Kraft mehr hatte, Nacht für Nacht, wenn die Kinder schliefen, einen Roman zu schreiben. Aber das war damals auch nicht das Wichtigste im Leben.

Sobald Krankheit ins Leben kommt, ist die erste Priorität, sich um die Krankheit zu kümmern und den Alltag am Laufen zu halten.

Ich drücke aufs Gas, fahre auf die Überholspur und überhole einen Campingwagen, einen Truck der Firma BLUEWATER-Shipping und ein Auto mit Bootsanhänger. Bald ist Sommer, denke ich, und fahre an einem weißen Windpark vorbei, an den schwarzen und braunen Pferden, einer Schafherde unter einem Baum auf einer sanft ansteigenden Wiese hinter einem Zaun zur Schnellstraße. Meinem Mann geht es besser, aber noch nicht gut. Ich hatte ein schlechtes Gewissen. Ich dachte an den Wintertag, als ich ihm sagte, dass wir nun wirklich Hilfe bräuchten.

Ich kann nicht mehr, sagte ich, als die Jungen in der Schule waren und unsere Tochter in ihrer weißen Strumpfhose auf dem Fußboden herumkrabbelte. Sie stand mit dunkelgrauen Knien wieder auf. Der Fußboden ist völlig verdreckt! Wir brauchen Hilfe. Wir brauchen keine Hilfe, sagte er und holte Putzlappen und Eimer. Langsam begann er, den gefliesten Küchenboden zu wischen. Er putzte den Flur, dann kniete er im Wohnzimmer. Er stöhnte, als er den Lappen über den Boden zog, der Lappen hinterließ Schmutzstreifen. Hin und wieder blickte er lächelnd zu mir auf. Jetzt wird es gut, sagte er, und ich nickte. Er war schweißnass und bleich im Gesicht. Lass es, sagte ich, hör auf. Davon wirst du nur noch kranker. Die Geräusche, die er machte, als er den Lappen von rechts nach links schob, trafen mich wie Hiebe. Die Geräusche meines putzenden Mannes glichen denen meines Vaters, als er durch das Zimmer gehen wollte, stürzte und wieder aufzustehen versuchte. Siehst du, sagte mein Mann, wir kriegen alles hin! Danke, sagte ich. Dann sagte er, er müsse sich ein wenig ausruhen, und wachte um zwölf Uhr am nächsten Tag wieder auf.

In den *Geheimen Tagebüchern*, die Ludwig Wittgenstein 1930–32 in Cambridge und 1936–37 in Skjolden führte, geht es auch um seine »Leiden des Geistes«, wie er die religiösen Erfahrungen nannte, bei denen die Grenzen der inneren Verzweiflung und des Unsagbaren und wissenschaftlich Erklärbaren bis zur äußersten messerscharfen Erkenntnis getrieben waren: »Oft fühle ich daß etwas in mir ist wie ein Klumpen der wenn er schmelzen würde mich weinen ließe oder ich fände dann die richtigen Worte (oder vielleicht sogar eine Melodie). Aber dieses Etwas (ist es das Herz?) fühlt sich bei mir an wie Leder & kann nicht schmelzen. Oder ist es daß ich nur zu feig bin die Temperatur genügend steigen zu lassen.«

Wovon man nicht sprechen kann, darüber muss man schweigen, oder es muss im Inneren weiterschwelen. Aber wenn ich mich als Schriftstellerin oder Mutter an diesen Ort hätte vortasten können, wenn ich mich dort wider alle Erwartungen schreibend hätte aufhalten können, wäre das dann wahr gewesen? Anders? Keineswegs. Das antwortete ich meiner Schwester auf ihren Rat, ich müsse einen einfacheren Weg finden, mit meinem Schreiben zu leben. Vielleicht hin und wieder abschalten, kein so zwanghaftes Verhältnis zur Arbeit haben? Es wäre gut für die Familie, sage ich, wenn das gelänge. Sie hatte recht, ich versprach, dass ich von nun an versuchen würde, mich in strukturierten Intervallen aus- und wieder einzuklinken, und sah dabei die unterstrichene Seite in Wittgensteins *Geheimem Tagebuch* vor mir, das im Bücherregal stand: »Es gibt Menschen die zu schwach zum Brechen sind. Zu denen gehöre ich auch. Das Einzige was vielleicht ein Mal an mir brechen wird & davor fürchte ich mich manchmal ist mein Verstand.«

Nun denn. Dann ist es besser aufzuhören, denn ich glaube, dass das Herz, von dem Wittgenstein schreibt, die Sprache ist. Dass sie sich in uns wie zähes Leder anfühlen kann, doch beim Schreiben geht es darum, die Temperatur zu erhöhen und dann wieder zu reduzieren, nahezu unmerklich, in Etappen, in denen das geliebte Schreiben dich zum End- und Nullpunkt der Literatur wie der Liebe führt. Schriftstellerin zu sein, heißt, weiterzumachen, über brodelnden Töpfen, in dem, was sich nach dem Kochen und Ziehenlassen ein weiteres Mal als Nullpunkt erweist. Nichts funktioniert. Nichts fließt. Der Klumpen in dir verschwindet nicht. Löst sich nicht auf. Schmilzt nicht, öffnet sich nicht. Es ist unerträglich, bevor es vorübergeht oder eine Richtung findet, aber es ist auch, als laufe der Kopf heiß und arbeite auf Hochtouren, ich habe wie Wittgenstein empfunden, »daß mein Gehirn die Beanspruchung einmal nicht aushalten wird & nachgeben wird. Denn es ist furchtbar beansprucht für seine Stärke – so scheint es mir wenigstens oft.«

Den letzten Satz zu lesen, ist, als blickte ich in den Spiegel und wüsste nicht, ob ich lachen oder weinen soll, dabei ist die Sache klar und zwar schon lange: Ich muss zurück an den Anfang und habe nichts, was ich mitnehmen könnte. Wo ich jetzt bin, hänge ich fest, vielleicht ist das der Nullpunkt, ob es der Endpunkt ist, entscheiden nur ich und der nächste Satz. Kann etwas, das geschrieben wurde, wenn man etwas in sich schwelen spürt, auf andere, möglicherweise neue Art wahr werden? Ist nicht das der Ort, wo Literatur entsteht oder wo sie zur Medizin wird, die das Leben leichter erträglich macht? Ich weiß es nicht. Gerade jetzt weiß ich gar nichts. Ich fasse mich an den Kopf und denke wieder daran, was Jeanette Winterson in *Warum glücklich statt einfach nur normal?* über unvollendete Erzählungen sagt: »Eigentlich sollte ich die mal fertigschreiben, die Geschichte«, schreibt sie und dann, im nächsten Abschnitt: »Ich brauchte eine ganze Weile, bis mir klarwurde, dass es zwei Arten von Geschichten gibt; die einen schreibt man, von den anderen wird man geschrieben. Die, die einen schreiben, sind gefährlich. Man geht dahin, wo man nicht hinwill. Man schaut dahin, wo man nicht hinschauen will.«

Seit zwei Tagen streife ich durch Skärhamn, ohne den magischen Zauberstab zu finden. Schlimmer noch: Was ich schreiben will, scheint verkeilter denn je. Gibt es ein Gift, das das Schreiben behindert? Ja, das glaube ich. Ich glaube, es gibt ein Gift, das Sprache so harmonisierend verschleiert, dass sie sich ein-, dass sie sich abkapselt. Wozu kann ein solches Schreiben nutzen? Schreiben ist für mich kein ästhetisches, sondern ein unmögliches ethisches Projekt: Wenn ich versuche, hinein- oder herauszukommen, ist die Sprache mein einziges Werkzeug. Die so genannten richtigen Wörter finden, bedeutet zu wissen, dass sie nicht die einzig richtigen sind, es aber sein können. Dass die Welt auch so sein kann. Und würde es die Welt nicht größer machen, wenn sich jemand wiedererkennt oder eine Verwandtschaft fühlt? Ich weiß es nicht. Es ist wohl eine Hoffnung.

Herta Müller hat gesagt, sie traue der Sprache nicht, da sie, um genau zu sein, immer etwas nehmen müsse, was ihr nicht gehört. Ihren Essay *Immer derselbe Schnee und immer derselbe Onkel* beginnt sie mit »Die Frisuren der Frauen waren von hinten gesehen sitzende Katzen. Warum muss ich sitzende Katzen sagen, um die Haare zu beschreiben? Alles wurde immer etwas anderes. Zuerst unauffällig etwas anderes, wenn man es nur so für sich ansah. Dann aber nachweislich etwas anderes, wenn man Worte dafür finden musste, weil man darüber sprach. Wenn man im Beschreiben genau sein will, muss man im Satz etwas finden, das ganz anders ist, damit man genau sein kann.« Dann stellt Müller die Frage, warum Sprachbilder so diebisch sind, weshalb sich der gültigste Vergleich Eigenschaften raubt, die ihm nicht zustehen, egal, wie gut geschrieben sie sind.

Herta Müller schreibt in lyrischer Prosa, ja sogar schön über politische Zustände, die Frage der Ethik ist, durch das ästhetische Schreiben, immer eine Frage der Rückschau. Müller gehörte während der kommunistischen Diktatur in Rumänien der deutschsprachigen Minderheit an, wenn sie über ihre Auswanderung aus Rumänien nach Deutschland schreibt, liegt die Ausreise zwanzig Jahre zurück. Es war Winter, Februar, es lag Schnee, Herta Müller reiste mit ihrer Mutter. Sie beschreibt den Abschied von ihrer besten Freundin, von der sie sich dreimal verabschiedeten, bevor sie sich trennen konnten, aber in der Beschreibung des letzten Mals, als die Freundin mit gleichmäßigen Schritten und ihrer hellen Jacke die Straße hinunterging, verwandelt die weinende Herta Müller die beste Freundin in einen Silberlöffel. Alles wird zu etwas anderem, so schreibt oder schmilzt sie es hervor: »Ich weiß nicht, glänzte die Wintersonne, es war damals Februar, glänzten meine Augen in sich selbst vom Weinen, oder glänzte der Stoff der Jacke – eines weiß ich jedenfalls:

ich schaute der Freundin hinterher, und ihr Rücken glitzert im Weggehen wie ein Silberlöffel. So konnte ich die ganze Trennung intuitiv in ein Wort fassen. Ich nannte sie Silberlöffel. Und das war es auch, was den ganzen Vorgang mühelos aufs Genaueste beschrieb.«

Es ist doch immer derselbe Schnee, sagte Herta Müllers Mutter auf dem Lastwagen, mit dem sie Rumänien in Richtung Deutschland verließen. Sie dachte dabei an den Januar 1945, als sie zur Zwangsarbeit in die Sowjetunion deportiert worden war. Schon Sechzehnjährige standen auf den Listen der Russen. Viele haben sich versteckt. Wie Herta Müllers Mutter, die vier Tage in einem Erdloch im Nachbargarten saß, hinter der Scheune. »Doch dann kam der Schnee mit seinen denunziatorischen Flocken, alle Spuren und Fußstapfen sind plötzlich sichtbar. Die Spuren im Schnee verrieten den Weg ins Versteck: Man konnte in den Gärten die Fußstapfen lesen, der Schnee denunziert. Nicht nur meine Mutter, viele mussten freiwillig aus dem Versteck, freiwillig gezwungen vom Schnee. Und das bedeutet dann fünf Jahre Arbeitslager. Das hat meine Mutter dem Schnee nie verziehen. […] Meine Großmutter sagte später: ›Frischgefallenen Schnee kann man nicht nachmachen, man kann Schnee nicht so arrangieren, dass er unberührt aussieht. Erde kann man arrangieren‹, sagte sie, ›Sand, sogar Gras, wenn man sich Mühe gibt, Wasser arrangiert sich von selbst, weil es alles und sich selber schluckt und sich gleich wieder schließt, wenn es geschluckt hat. Und die Luft,‹ sagte sie, ›ist immer fertig arrangiert, weil man sie gar nicht sehen kann.‹«

Am Mittelmeer, Februar. Mutter und ich machen Urlaub. Ich denke, dass sie dort ich ist, dass sie ich sein könnte, die andere Frau da ist meine Mutter. Sie und ich sind allein. Meine Schwester und mein Bruder sind mit unserem Vater zum Skilaufen in den Bergen, in den Alpen oder in Alaska. Meine Schwester fährt Snowboard. Sie ist fünfzehn Jahre alt. Mein Bruder läuft Slalom, Off-Piste. Unser Vater fährt mit den schönsten Telemark-Schwüngen den Berg hinunter, bevor er zur Seite fährt und am Hang stehen bleibt. Dann schaut er mit einem Swarovski-Fernglas über die Landschaft. Er blickt über das Paradies, über Täler und Berge. Am Mittelmeer sind Mutter und ich noch bleich, bald werden wir rot und sonnenverbrannt sein. Mutter liegt auf einer Pool-Matratze, durch die man ins Wasser sehen kann, der Boden ist türkis mit grüngelben Schlammspuren, Insektenteilchen und Algen. Auf der Oberfläche des chlorzähen Wassers schiebt sich das Laub übereinander. Der Badeanzug meiner Mutter ist hellrot, ihr langes schwarzes Haar ist offen und wogt neben der Luftmatratze im nassen Chlorwasser. Mutter blickt durch das Matratzenfenster ins Wasser. Das Meer ist einhundertfünfzig Meter entfernt, aber dahin will meine Mutter nicht. Heute nicht. In dieser Hitze. Wir bleiben hier, im Swimming-Pool des Hotels.

Sobald ich wieder aus dem Wasser kam, um einen Kopfsprung zu machen, bestellte Mutter Drinks von der Bambusbar. Ein erhobener Zeigefinger bedeutet eine bebida, also ein Bier. Sie verließ die Luftmatratze und nahm mich jedes Mal in Empfang, wenn ich vom Beckenrand sprang. Mutter streckte mir die Arme entgegen. Spring, sagte sie und hob mich jedes Mal hoch, wenn ich aus dem Wasser auftauchte. Wie schön Mutter ist, dachte ich, Chlorwasser in Mund und Augen. Ich dachte an meinen Vater und meine Geschwister in den Alpen. Es waren Winterferien, alle machten, worauf sie am meisten Lust hatten. Ich hatte eine Luftmatratze bekommen. Sie war grün und aufblasbar, Mutter hatte sie mir als Geschenk für die Ferien gekauft. Es war herrlich, auf der Luftmatratze zu liegen und ins Becken hinabzuschauen. Über uns die Sonne. Blauer Himmel, der Pool war blau, plötzlich sprang ein deutscher Vater hinter seinem Sohn her, der vom Sprungbrett an der Beckenkante eine Arschbombe gemacht hatte & UUUPS und BUMS, kippten meine Mutter und ich ins Wasser. Ich fiel als Erste. Ich rollte ins Wasser, und als ich hochkommen wollte, knallte ich mit dem Kopf gegen Mutters Luftmatratze. Da ging Mutter über Bord, wir fuchtelten im Pool herum, jede versuchte, zu ihrer Luftmatratze zu schwimmen. So ist meine Erinnerung, aber es ist lange her und Mutter oder mir nie passiert. Wir waren das nicht. Es waren andere, die sich im Pool abstrampelten und Chlorwasser schluckten. Ich war dreißig Jahre alt. Ich konnte meine eigenen bebidas bestellen und ans Meer gehen, wann immer ich wollte. Ich bin nie am Mittelmeer gewesen. Und es gab auch keine Winterferien.

Silberlöffel und Schneeverrat. Der Schnee, der sich in den Dienst der Russen stellt. Schnee ist weißer Verrat, schreibt Herta Müller. Das ist der Verrat, den ihre Mutter mit dem Satz meint: Es ist doch immer derselbe Schnee, ohne das Wort Verrat ein einziges Mal auszusprechen: »Und das Wort VERRAT wurde mit den Jahren sogar größer, je öfter sie ihre Geschichte ohne das Wort VERRAT erzählte, in Form von wiederholten Sätzen aus immer gleichen gestanzten Formulierungen, die das Wort VERRAT nicht brauchten.« Der Verrat wurde durch das Auslassen größer, zum Schluss wird das Wort Verrat in der Geschichte der Mutter riesengroß, ohne je ausgesprochen zu sein. Schneeverrat ist Herta Müllers Wort und genau so eines wie Silberlöffel: »Für komplizierte lange Geschichten ein direktes Wort, das so viel Unausgesprochenes enthält, weil es alle Einzelheiten meidet. Weil so ein Wort den Verlauf des Geschehens zu einem Punkt verkürzt, verlängern sich im Kopf die Vorstellungen über die zahllosen Möglichkeiten. So ein Wort wie SCHNEEVERRAT lässt viele Vergleiche zu, weil keine gemacht worden sind. So ein Wort springt dann aus dem Satz, als wäre es aus einem anderen Material. Dieses Material heißt für mich: der Trick mit der Sprache. Es ist der Trick mit der Sprache, vor dem ich immer so eine Angst habe und der mich süchtig macht. Eine Angst, weil ich beim Tricksen spüre, dass durch den Trick etwas jenseits des Wortes wahr wird, wenn der Trick gelingt.«

Herta Müller schreibt über den ersten Verrat, an den sie sich erinnert, einen selbst begangenen, den Verrat mit dem Kalb. Er stammt aus einer Zeit, als das Schlachten von Kälbern verboten war, die Bauern mussten die Kälber ein paar Wochen nach der Geburt, wenn sie das nötige Gewicht hatten, an den Staat abliefern. Nur bei einem Unfall erlaubte der Tierarzt eine Notschlachtung, dann durfte man das Fleisch behalten und selbst essen. Als ihr Vater dem Tierarzt erzählte, die Kuh habe sich mit ihrem schweren Fuß auf das Kalb gestellt, schrie Herta Müller: »›Du lügst, du hast es gemacht mit der Axt!‹ Ich war sieben Jahre alt, wusste von meinen Eltern, dass man nie lügen soll. Wusste aber auch, dass der Staat schlecht ist und Leute, weil sie die Wahrheit sagen, ins Gefängnis sperrt. Dass der Tierarzt ein Fremder ist im Dorf und gegen uns und für den Staat ist, wusste ich auch. Ich hätte meinen Vater damals fast ins Gefängnis gebracht, weil er mir instinktiv zutraute, dass ich zwischen unerlaubter Lüge zu Hause und erlaubter Notlüge wegen all der Verbote unterscheiden kann.«

Wen verriet Herta Müller, als sie als Kind die Wahrheit sagte? Sie verriet ihren Vater, um nicht das Kalb und die Wahrheit zu verraten. Sie verriet ihre Familie, die sie gelehrt hatte, nicht zu lügen. Indem sie dem Tierarzt die Wahrheit sagte, unterwarf sie sich auch der Diktatur und dem Staat, einer Diktatur im Land Rumänien, der sie sich als denkende und schreibende Erwachsene nicht unterwarf. Einer Diktatur, die sie und ihre Mutter, nach Jahren der Schikane und zerrütteter Nerven, 1987, um vier Uhr nachts, auf der Ladefläche eines Lastwagens verließen. Herta Müller war damals kurz davor, den Verstand zu verlieren. Sie war so kaputt, sie war mit den Nerven fertig, schreibt sie, nicht mehr weit davon entfernt, den Verstand zu verlieren. Und schildert, wie man im Kopf millimeterweise zwischen abstrus und normal laviert. Herta Müller war an den Punkt gelangt, an dem sie Lachen mit Weinen mischte: »Es gab nicht nur, wie ich meiner Mutter sagte, kein Versteck im Schnee, es gab auch keins bei mir im Kopf.«

Weißer Schnee lag auch vor unserem Wohnzimmerfenster, als Nicolae Ceauşescu, Rumäniens Diktator von 1967 bis 1989, und seine Frau Elena Ceauşescu am zweiten Weihnachtsfeiertag im Fernsehen hingerichtet wurden. Der Kristallteller mit Weihnachtsplätzchen stand auf dem Couchtisch, Pfefferkuchen, Sandplätzchen und Knusperwaffeln. Ich war elf Jahre alt und saß mit meinem Vater auf dem Sofa, meine Mutter brachte meine Schwester und meinen Bruder ins Bett. Wir sahen abgemagerte Kinder in Kinderheimen. Wir sahen den Riesenpalast, in dem Nicolae Ceauşescu und seine Frau wohnten, mit eigenem

Kinosaal, einem Arbeitszimmer von der Größe eines Fußballfelds, einem goldverzierten Bad mit marmornen Bodenfliesen, dazwischen immer Bilder von Kindern in Gitterbettchen, mit sich abzeichnenden Rippen, Gesichtern wie Kriegsgefangene, Körpern wie fehlgebildete, abgemagerte Babys. Die Weihnachtsplätzchen blieben liegen. Ich habe niemanden verhungern lassen, sagte Ceauşescu bei dem Scheinprozess, bevor er und seine Frau sich mit dem Gesicht zur Wand aufstellen mussten. Rührt mich nicht an! Schämt euch!, schrie Elena Ceauşescu, als man ihr und ihrem Mann die Hände auf dem Rücken fesselte. Wir sterben zusammen, sagte Elena und bekam ein letztes Mal ihren Willen. Das letzte kommunistische Regime in Europa war gefallen, doch wie verlief die Aufarbeitung der Vergangenheit?

Jetzt habe ich an der Westküste von Bohuslän ein Zimmer gemietet und eines mit Blick zum Innenhof bekommen. Dort stehen die Angestellten in den Pausen vor den Abfallcontainern für Karton, Papier, Essensreste, Glas und rauchen. In der Hitze schlägt der Geruch der Abfalltonnen ins Zimmer. Klirr-klirr scheppert es aus der Glastonne, wenn die Wein- und Schnapsflaschen aus der Bar hineingeworfen werden. Ich bin froh. Das Fenster ist offen, die Tür geschlossen. Ich habe in der Nacht gelesen und geschlafen, ohne von Kinderweinen geweckt zu werden. Es ist warm im Zimmer, draußen ist es windig und Frühling. Ich war heute schon kurz schwimmen. Das

Wasser hatte vierzehn oder fünfzehn Grad, es war in jeder Hinsicht frisch. Später aß ich auf dem Zimmer ein frühes Abendessen: geräucherte Makrele aus dem großen Supermarkt, der einen halben Kilometer von der Pension entfernt ist. Ich habe einen kurzen Spaziergang zum Museum gemacht, bin auf den Hügel gestiegen, wo die Skulptur einer dem Meer zugewandten Küstenfrau steht. Ein Denkmal für all die Frauen, die hier gelebt haben und noch leben, die alles am Laufen hielten, während der Vater der Kinder auf See arbeitete. So formulierte es die Frau am Empfang, als ich sie nach der Skulptur vor dem Museum fragte. Ich gehe zum Hafen hinunter, weiter in Richtung Museum, und denke daran, wie ich in Kabelvåg auf den Lofoten unterrichtete. Einmal zog ein Sturm auf. Die Lichter und Sterne der Weihnachtsdekoration, die man auf dem Marktplatz an die Pavillonsäulen gebunden hatte, schaukelten wild hin und her, das Meer brandete weiß an. Der Hausmeister der Schule hatte mir an diesem Tag von der Küstenfrau Anna auf Vinje erzählt, die ihren Vater, ihren Mann und fünf Söhne auf dem Meer verloren hatte. Ohne den Golfstrom und ohne Frauen wie Anna aus Vinje könnte niemand an der Küste leben, sagte er.

Dann denke ich an meine Großmutter, die große Teile des Jahres mit drei Kindern allein zu Hause war, während ihr Mann um die Welt segelte. Was Großmutter nicht allein schaffte, regelte Onkel Johannes, ihr Bruder. Ich sehe die Vase aus Japan vor mir, auf dem Telefontischchen im Flur zum Dachboden, gleich neben der Küche. Die spanischen Puppen, oder waren sie aus Portugal, mit rot glitzernden Tüllröckchen, die meine Mutter und ihre Schwester bekommen hatten. Schmuckkästchen aus Muscheln in dem Zimmer, das einmal das Zimmer meiner Mutter gewesen war. Im Flur der Schlüsselbund, in dem zwischen schwarzen und grauen Schlüsseln der Name Tokio blinkte. Vater hat uns immer Geschenke mitgebracht, sagte meine Mutter einmal, als ich sie nach dem Leben mit einem Vater fragte, der so viel fort war. Ich dachte an die Brüder meiner Großmutter, die Onkel meiner Mutter, die im Zweiten Weltkrieg in Schiff-Konvois Diesel und Benzin transportiert hatten. Endre Nilsen Landro wurde am 19. September 1919 geboren. Er floh auf der MS *Borghild* von Norwegen auf die Shetlandinseln. Dort heuerte er auf dem Tanker *Ranja* an. Das Schiff verließ Houston am 9. März 1942 Uhr mit Kurs auf Halifax, aber nach dem Ablegen hörte man nichts mehr von ihm. Mitten in der Nacht wachte seine Mutter Ingeborg, meine Urgroßmutter, auf, weil sie im Schlaf eine Warnung erhalten hatte. Jetzt ist der Endre heimgegangen, sagte sie in der Tür zu dem Schlafzimmer, in dem meine Großmutter Inge wach lag. Gut eine Woche später kam die Nachricht, dass die *MT Ranja* am 16. oder 17. März 1942 von einem deutschen U-Boot torpediert worden war. Endre hatte auf einer Insel vor Bergen eine Liebste gehabt, mit der er verlobt war. Sie waren so jung, was mag sie gedacht haben? Wie verlief ihr weiteres Leben?

Über Onkel Johannes weiß ich kaum mehr als das, was die Medaillen an seiner Anzugsjacke erzählten. Ich weiß, dass er fünf Stunden in einem Rettungsboot auf dem Atlantik trieb, bevor er gerettet wurde. Ich weiß, dass er am D-Day in der Normandie dabei war. Ich weiß, dass er keine sogenannte Ex gratia-Zahlung beantragte, als das Parlament sie 1972 endlich allen Matrosen der norwegischen Handelsflotte, die während des Krieges auf See im Einsatz waren, und auch deren Nachkommen zusprach. Wenn ich in den Winterferien bei meiner Großmutter war, fuhr ich mit dem Rad zu ihm, aber wenn ich klingelte, machte er manchmal nicht auf. Ich wusste, dass er zu Hause war, aber auch, dass er an manchen Tagen niemanden sehen wollte. Einmal sollte ich Kautabak für ihn kaufen. Ich steckte das Geld ein und radelte zum Dorfladen, der Besitzer sagte: Du darfst keinen Kautabak kaufen. Wie alt bist du? Zehn Jahre, sagte ich, und dass er nicht für mich, sondern für Onkel Johannes sei. Onkel Johannes? Der Kaufmann sah mich an. Wenn dein Onkel Kautabak haben will, musst du einen Zettel mitbringen. Zettel?, sagte ich. Ja, sagte er. Du brauchst einen Zettel mit dem Namen des Kautabaks und der Unterschrift deines Onkels. Es ist nicht mein Onkel, sagte ich. Er ist der Onkel meiner Mutter. Ich radelte zu Onkel Johannes zurück, er schrieb den Zettel, ich fuhr wieder zum Dorfladen. Als ich zu Johannes zurückkam, war er verärgert. Nicht meinetwegen, sondern wegen des Ladenbesitzers. Die wissen genau, wer ich bin, sagte Onkel Johannes. Zwei Tage später schenkte er mir ein Silberkreuz mit Diamanten. Das ist für dich, sagte er. Mehr sagte er nicht.

Als ich in Tromsø studierte, habe ich Onkel Johannes einmal zu einem Veteranen-Treffen begleitet. Ich erinnere mich nicht mehr an alles, es ist fast zwanzig Jahre her, aber wir gingen mit anderen in einem Zug, dann wurde an einem Ehrenmal ein Kranz niedergelegt und aus Nordahl Griegs Buch *Die Freiheit* (1945) das Gedicht »Der König« verlesen:

Die erste Antwort kam vom Meer.
Vierzigtausend norwegische Seeleute,
wählten, jeder einzelne, den Kampf,
wählten Heimatlosigkeit und Sehnen,
wählten Flammentod und Wundbrand,
wählten Seenot in Rettungsbooten
tausend Meilen von Hilfe entfernt;
Ehre ihrem Andenken!

Johannes war blass, aber verzog keine Miene. Wir gingen im Zug zur Kirche hinauf. Es war Mai oder Anfang Juni, der Schnee war geschmolzen, durch die blauroten Glasfenster schien ein kleines lilafarbenes Licht. Ich hatte mich bereits in eine Bankreihe gesetzt, als der Fahnenträger, der im Zug mitgegangen war, auf dem Weg zum Altar ohnmächtig wurde. Die Reihen der Veteranen waren schon sehr gelichtet, auch auf den Bänken waren nur wenige Plätze besetzt. Onkel Johannes kam zurecht, aber was für ein Leben führte er, nachdem er an Land gegangen war? Irgendwie wirkte er immer, als steckte er in einer unsichtbaren Uniform. Er heiratete nicht und bekam keine Kinder. Ich denke daran, wie er uns im Sommer die Autotür aufhielt und sagte: Kommt schon, Kinder, wir hauen ab. Wir setzten uns auf den Rücksitz. Es war Abend, er fuhr uns zum Bergsee, damit wir baden konnten. Damals wusste ich gar nichts, oder hatte er mir jemals vom Flammenmeer oder von seinem Bruder erzählt?

Ist ein Krieg jemals zu gewinnen? Die Kriegsmatrosen verloren auf jeden Fall den Frieden. Viele der Seemannsfrauen hatten eine große Kinderschar zu ernähren und konnten nicht sicher sein, dass ihr Mann jemals wieder nach Hause kommen würde. Wie hielten sie das aus? Ich weiß es nicht. Vermutlich vertrauten sie auf Gott. Und sie waren vermutlich ein robuster Menschenschlag. Ich habe in Norwegen und Schweden mehrere Skulpturen von Küstenfrauen gesehen, in Thörns Nachbarkommune, in Mollösund in der Gemeinde Orust, steht eine aus Holz. Sie streckt sich gleichsam über den Hügel zum Meer hin und sucht es ab, die Hand zum Schutz vor der Sonne erhoben.

Ich denke an die Küstenfrauen, als mein Mann anruft, weil er sich und die Kinder ausgesperrt hat. Ich blicke zum *Lighthouse*, eine Installation aus minzgrünen Getränkekisten der deutschen Künstler Wolfgang Winter und

Berthold Hörbelt. Sie steht mitten im Sund und ist von innen beleuchtet. Mein Mann und die Kinder kommen nicht ins Haus, ich würde gern zum *Lighthouse* hinausschwimmen. Würde mich drinnen hinsetzen, wie in eine sakrale Raumstation mitten im Fjord, gehe aber stattdessen am Hafen entlang und über ein Holzbrückchen nach Bockholmen, eine kleine Schäre auf der anderen Seite des Sunds. Macht's gut, sage ich ins Telefon. So gut wie's geht, füge ich hinzu. Von hier oben hat man freie Sicht bis zum Horizont und auf das Meer in Richtung Skagerrak.

Ich bleibe lange stehen und schaue, dann läuten die Kirchenglocken auf der anderen Seite des Sunds. Ich laufe vom Holm zurück zum Hafen, ich will zur weißen Holzkirche. Ich folge der Kirchhofsmauer, gehe über den Kies durch das Tor und zu den Grabsteinen und zu einem großen Mahnmal, *Zum Gedenken an die Arbeiter des Meeres, die nicht zurückkommen + das Meer gab die Toten zurück, die darin waren.* In der Kirche finden Drop-in-Hochzeiten statt, aus dem mit Rosenblättern bestreuten Vorraum dringt Popmusik, am Altar kniet schon ein Paar. Willkommen, sagt der Kirchendiener und fragt, ob ich allein komme. Ja, allein, sage ich und setze mich in eine der hinteren Reihen.

Er habe versucht, die Tür aufzubrechen, aber weil die Tochter Angst bekam, daher habe er es gelassen. Jetzt habe sie im Stadtteil-Café einen »Drink« mit Erdbeeren und Minze und zwei Strohhalmen bekommen, der Besitzer, der auch der Kellner sei, habe sich Mühe gegeben, als er begriff, dass mein Mann und unsere Tochter sich ausgesperrt hatten. Jetzt ist sie zufrieden, alles ist gut, sagt mein Mann, aber sein Handy sei fast leer. Das Schloss auswechseln zu lassen, würde fünftausend Kronen kosten, das wusste ich, weil ich im Winter zuvor den Hausschlüssel im Kindergarten vergessen hatte. Fünftausend Kronen sind fast ein halber Sommerurlaub, sagt mein Mann, dann bricht die Verbindung ab. Ich gehe am Kai entlang. Schaue auf mein Telefon, es ist halb fünf. Was soll ich machen? Das Handy meines Mannes ist leer, er ist mit den Kindern ausgesperrt. Ich habe das Auto und in der Tasche den Hausschlüssel. Nun denn, sage ich laut, als ich den Kai entlanggehe, das war's. Das war's mit dem Schreibaufenthalt in Skärhamn.

Ich überlegte: Die Fahrt Skärhamn-Oslo dauert dreieinhalb bis vier Stunden. Ich wäre gegen neun zu Hause, um meine Familie ins Haus zu lassen. Ich ging weiter und las dabei einen Text, der in das Holzdeck eingelassen ist und um das halbe Museum läuft. Es ist ein Nachrichtentext über eine kleine Volksgruppe auf Inseln in Papua Neu-Guinea, die wegen des Klimawandels und des steigenden Meeresspiegels ihre Heimat verlieren könnte. Ich las: »Auf der anderen Seite des Erdballs müssen singende Bewohner von einer gefährdeten Insel fliehen. Eine kleine singende Gemeinschaft in Papua-Neuguineas Inselwelt könnte als Folge der globalen Umweltzerstörung ihre Heimatinsel verlieren. Das Meer steigt täglich an. Den 400 Bewohnern von Takuu Island bleiben höchstens fünf Jahre, bevor ihr Atoll überspült wird. Doch durch ein verheerendes Zusammentreffen von Erdbeben und Anstieg des Meeresspiegels könnte es auch schon in wenigen Monaten geschehen. Die Bewohner von Takuu haben eine einzigartige Kultur. Jeder Erwachsene beherrscht über tausend Lieder, die er seit seiner Kindheit auswendig gelernt hat.«

Die Inschrift ist von 2001, etwas verwittert, aber noch gut lesbar. Das Erleben von Zeit ist sehr individuell und kann bei demselben Menschen von Situation zu Situation verschieden sein, aber Zeit ist auch Leben und Existenz, Familie, Zukunft, Vergangenheit, Gegenwart und Tradition, und wegen des Klimawandels ist der steigende Meeresspiegel zu einem Problem geworden, zu dem die Insel-Bewohner sowohl individuell als auch kollektiv Stellung nehmen mussten. So jedenfalls stelle ich mir das vor, als ich um das Nordiska Akvarellmuseet herumgehe und mich frage, wohin denn das Volk von Takuu hätte umziehen oder fliehen können.

Nirgendwohin, sagt der dreißigjährige Satty. Er hat Frau und fünf Kinder, drei Jungen und zwei adoptierte Mädchen. Auch wenn genug Protein im Haus ist, sage ich zu meiner Frau, dass ich zum Fischen rausmuss, wenn ich von den Kindern genug habe. Nein, sagt meine Frau. Ich wasche die Kleider, du musst nach den Kindern sehen! Aber ich gehe zu meinem Boot. Satty bereut, dass er die Schule nicht abgeschlossen hat, auf dem Festland wäre er chancenlos, er ist einer von vielen, die es abgelehnt haben, sich mit dem Schiff aufs Festland und in die Gemeinde Buka bringen zu lassen.

Anfangs, bevor die Wellen über die Häuser schwappten oder sie gleich ganz ins Meer schwemmten, stieg das Wasser langsam, fast unmerklich. Dann wird es offensichtlich. Das Meer steigt, ruft eine Frau aus, doch ein Mann entgegnet ihr, alles liege in Gottes Hand. Halleluja, antworten Frauen, Kinder und Männer um ihn herum, die zur Vollversammlung gekommen sind, um ihre Zukunft und einen möglichen Wegzug von der Insel zu diskutieren. Das Christentum kam in den Achtzigerjahren nach Takuu, es teilte die Bevölkerung in Christen und jene, die weiterhin die polynesische Religion ausüben.

Endar ist 48 Jahre alt, sie stammt von Takuu, ist aber in Port Mosby verheiratet. Jetzt ist sie zur Pflege ihres kranken Vaters, mit dem es zu Ende geht, nach Hause gekommen. Er kann nicht mehr laufen, Endar seift ihn ein und führt ihn ins Meer, wo sie ihn wäscht. Hier sind die Frauen unfrei, sagt sie. Hier gibt es keine Elektrizität, und es kommen keine Schiffe. Es schmerzt, die Frauen hier zu sehen, sie können nichts von dem tun, was ich machen kann. All die Jahre haben sich meine Schwestern um meinen Vater gekümmert. Ich habe eine Arbeit und bin verheiratet, ich wäre dumm, wenn ich hiergeblieben wäre. Aber jetzt bin ich hier, um meine Schwestern zu entlasten und bei meinem Vater zu sein, bevor er stirbt.

Endar erzählt, sie habe zunächst nicht an den Gott ihres Mannes geglaubt. Sie glaubte an die Götter der Insel, aber als sie von ihrem Mann eine Bibel bekam, habe Gott in einem Traum zu ihr gesprochen: Ich sah, wie das Meer die Insel überflutete und die Ernte in den Gärten vernichtete. Gott hat mir das viele Male gezeigt, erzählt sie den Bewohnern von Takuu. Was ich gesehen hatte, musste ich auf die Insel bringen. Ich habe das Evangelium hierhergebracht, ich weiß, dass Gott mit mir noch etwas vorhat. Darum komme ich zurück, um euch zu sagen, dass wir von der Insel wegziehen, dass wir verlassen müssen, was wir haben.

Das Meer steigt, die Wellen werden höher, die Insulaner bauen eine Schutzmauer, die nicht hilft, Salzwasser und Schlamm bedecken die Gärten, das Meer reicht an die Türschwelle. Eines Tages sind die Wellen stärker und größer denn je. Der Schuldirektor sagt, »Nun, das ist unser Ende, keine Schule.« Im Klassenzimmer schwimmt ein Buch mit dem Titel *The Government and the People*, wenig später liegt es vom Salzwasser durchweicht am Boden.

Dann klingelt wieder das Telefon. Mein Mann. Sie seien jetzt drin. Drin?, frage ich. Ja, alle zusammen! Der älteste Sohn hatte einen Schlüssel im Rucksack, gerade sei er von einem Fußballspiel heimgekommen, das mit einer Niederlage und dem Platzverweis eines Spielers seines Vereins ausgegangen war. Er und ein Freund waren allein mit Bus und Zug zum Spiel und zurück gefahren, jetzt hatte der Sohn die Wohnung aufgeschlossen. Halleluja, sage ich und sehe, wie sich das Meer weiß schäumend erhebt und an die Schären schlägt. Ja, das Meer steigt wegen Menschen wie mir, denen ihre persönlichen Bedürfnisse wichtiger sind als kollektive und globale Erwägungen. Danke für die Nachricht, sage ich. Alles Liebe. Der Wind zerrt, das Meer wird weiß.

In den Wellen sehe ich das Gesicht von Marguerite Duras als Vierjährige, nach dem Tod ihres Vaters. Ihre Mutter, die Lehrerin war, wollte Reis anbauen und steckte ihre gesamten Ersparnisse in ein Feld im Grenzgebiet von Vietnam und Kambodscha. Dann zeigte sich, dass die Kolonialbeamten ihr Land zugeteilt hatten, das unbestellbar war. Jedes Jahr stieg das Meer und vernichtete die Ernte. Nein, die Bewohner von Takuu waren nicht die ersten, die eine Mauer gegen den Pazifik errichteten. In ihrer Verzweiflung bauten auch Duras' Mutter und die armen Vietnamesen einen Damm, er brach, denn die Naturkräfte und der Klimawandel lassen sich nicht zähmen. Duras' Mutter war finanziell ruiniert und verlor fast den Verstand, Marguerite und ihr Bruder mussten den Preis dafür zahlen. Im Hintergrund, unter der Oberfläche, lauert in jedem ihrer Texte das Gefühl, dass es von Einsamkeit zu Wahnsinn nicht weit ist, dass das laute Meer und die Wellen jederzeit bereit sind, die Befestigung der ehemals fruchtbaren Gärten niederzureißen.

Dass sich das Schreiben, gleichsam sinkend, durch das Wasser bewegt, im ständig kreisenden Fall dem Verschwinden entgegen. Und dass dieser Fall so tief und endlos ist wie der Stille Ozean und das Schreiben.

III

JETZT WEISS ICH, wie es ist, mit einem Kind schwanger zu sein, eine Sprengladung Freude und Verantwortung. Wie es ist, das Vibrieren einer Turbine im Gebirge zu spüren, deren Schwingungen kinetischer Energie zu Elektrizität werden. Die Turbine dreht sich, der Generator transformiert, im Wasser spüre ich die Tritte des Kindes, das bald aus mir oder aus dem herausgleiten wird, was ich einmal mein und ich nannte. Ich höre, wie das Wasser im Gebirge durch Tunnel fließt, den Weg findet und zum Fluss wird. Schneetreiben und Hagel schmelzen zu Regentropfen, sie fallen in den Fjord, wo die Wellen in einer scharfen Linie aus Kraft und Schaum durch die Oberfläche brechen. Was ist in den Wellen? Im Fruchtwasser? Das Leben im Wasser, das das Wasser trübt? Sie wuchs in mir, nach und nach, bis eines Tages das Wasser zwischen meinen Beinen herauslief.

Aufstauen, auf den Tag warten, an dem das Wasser ohne Vorwarnung abgelassen wird. Ich bin über dem Termin, weit über dem Termin, das Fruchtwasser ist verfärbt. Ich gehe schwanger durch ein Oslo im Schneematsch und sehe dabei das leuchtende Kraftwerk mit dem kreisrunden UFO-Kontrollraum aus Gussbeton vor mir, zu Hause, im Suldal, auf der anderen Fjordseite, vor den drei letzten Tunneln auf dem Weg nach Bråtveit, dem Dorf und dem Bauernhof, wo ich aufgewachsen bin. Es ist Dezember, mein Körper ist aufgeschwemmt. Das Radio meldet Kolonnenfahrten im Gebirge, Sturm und Schneetreiben. Die Straße wird in Kürze gesperrt werden. Die Autofahrer müssen sich auf mehrere Stunden Wartezeit einstellen oder vernünftig sein und umkehren. Der Schnee treibt in den Tunnel hinein und erhellt die vordere und hintere Öffnung im Berg. Ich kann nicht schlafen, also versuche ich zu arbeiten, aber wegen des Karpaltunnelsyndroms bereitet mir jeder Tastendruck Mühe. Ich trage eine Bandage mit Metallschiene, die die Blutzirkulation aktivieren soll. Es wird Weihnachten. Heiligabend und die Feiertage gehen ineinander über. Ich liege im Schlafzimmer auf dem Bett, sehe zu, wie der Schnee das Dachfenster zudeckt, bis es schließlich ganz weiß ist.

Sie lag am Tag und in der Nacht, nährte sich schwimmend, tretend, schlafend wie wach und wuchs in mir heran. In meinem Wasser lebt sie und umschlingt mich, aber ich wage es kaum zu *glauben*, wo doch das Leben selbst auf dem Spiel steht. Im Supermarkt legt mein Mann Windeln der kleinsten Größe in den Einkaufswagen. Ich lache, nervös oder verlegen, dann hole ich eine Dose Tomaten, eine Packung Pasta und eine Tüte Karotten. Es ist ein Nachmittag Ende Januar, wir schieben den Einkaufswagen durch Regale unter flimmernden Neonröhren. Dass unsere Tochter eines schönen Tages diese Windeln benutzen, hier herumlaufen und um Joghurt oder Süßigkeiten quengeln wird, ist unvorstellbar. Dass sie herauskommen und bei uns sein wird, lässt sich weder fassen noch verstehen. Wir sind zwei Wochen und bald einen Tag über dem Termin. Ich spüre, dass sie etwas tiefer liegt, ihr Kopf drückt anders an mein Becken, intensiver, stechend. Treppensteigen fällt jetzt schwer. Auf den vereisten Gehwegen mache ich kleine Trippelschritte. Sie schraubt und drückt sich nach unten. Einige Tage später kann ich im Krankenhaus das Geräusch ihres schlagenden Herzens auf dem Monitor sowohl sehen als auch hören. Dann dauerte es immer noch Tage und mehrere Nächte, bis man sie aus mir herausholt und wir uns begegnen können, draußen, in diesem neuen, nackten Leben.

Wie lebt man mit einem anderen Körper in sich? Wie soll man sich diesen anderen Körper als eigenständigen Menschen vorstellen können, draußen, mit einem eigenen Leben? Solange meine Tochter in mir liegt, habe ich Kontrolle. Das schaffe ich. Ich kann sie schützen und beherbergen, kann ein Gefäß sein. Aber was geschieht an dem Tag oder in der Nacht ihrer Geburt, wenn sie außerhalb meines Körpers ist, kann ich mir das vorstellen? Bin ich mir vielleicht nicht mehr ganz sicher, dass mein Körper mir gehört, dass *ich* das bin? Jetzt, wo die durchwachten Nächte und das Stillen vorbei sind, kann ich nur sagen, dass es fordernd und chaotisch war, dass ich auch da nicht mit Sicherheit wusste, wo mein Körper aufhörte und ihrer begann. Ich bemühe mich durchaus, das zu verstehen, im Nachhinein, aus der Vogelperspektive gemachter Erfahrungen, aber ich merke, dass die Beziehung zur Realität und zu dieser Zeit weiterhin kompliziert ist. Vielleicht hat das auch mit einem akuten und nie befriedigten Schlafbedürfnis zu tun?

Selbst wenn es einem eigentlich gut geht, macht zu wenig Schlaf vergesslich. Man hält sich für dumm, man hat Hunger, ohne wirklich hungrig zu sein, vielleicht, weil man unruhig ist oder ängstlich, aber man tut, was man tun muss, man wird zur Maschine. Eigentlich ist das ganz einfach. Sind Sie niedergeschlagen?, fragte die Krankenschwester auf der Station. Nein, ich bin wütend, antwortete ich. Mein Mann ist krank, er sitzt immer nur im Wohnzimmer auf einem Sessel, vor sich ein aufgeschlagenes Buch. Ich erzähle ihr, dass drei Kinder im Haus sind und ich versuche, einen Roman zu schreiben, aber jetzt eine Brustentzündung habe und unsere Tochter bald operiert werden muss. Sind Sie niedergeschlagen? Dazu habe ich keine Zeit, sage ich. Die Schwester las die Fragen von einem Formular ab. Ja, sage ich. Ich bin gestresst. Ich fühle mich machtlos, aber wenn man mir sagt, ich solle für die

Kinder einen Zug anhalten, stelle ich mich ihm sofort entgegen. Hier bittet Sie niemand, sich einem Zug entgegenzustellen, sagt sie und mustert mich ernst. Die Krankenschwester trägt brandneue Sneakers. Sie sieht mich forschend an, dann schweift ihr Blick durch das Büro und fällt auf den weißen Desinfektionsspender, den sie dreimal niederdrückt. Sie legt unserer Tochter ein Maßband um den Kopf, hält Daumen und Zeigefinger auf der Zentimeterzahl und zieht ein Diagramm hervor. Sie schweigt lange, dann sagt sie, unsere Tochter habe einen sehr großen Kopfumfang, weit über normal. Ich sage, dass auch ihr Vater einen großen Kopf hat. Sie bekommen mit der Post einen Krankenhaustermin zur Kontrolle, sagt sie. Unsere Tochter liegt auf der Spieldecke. Ich gehe zu ihr und hebe sie hoch. Der Blickkontakt zwischen Ihnen ist gut, sagt die Krankenschwester. Danke und Auf Wiedersehen, sage ich, dabei bete ich still: Liebe Krankenschwester, sei doch bitte eine Mitschwester.

Es gibt eine Wirklichkeit, die wir sehen, und eine, die wir hören, aber es gibt auch eine Wirklichkeit, die wir nur ahnen können. Alle haben ihre eigene Version davon, was geschehen ist. Viele Fäden müssen verknüpft werden, doch die schlimmste Lüge ist die Lüge des Dokumentarischen. Das hat die belarussische Literatur-Nobelpreisträgerin Swetlana Alexijewitsch in einem Dokumentarfilm von Staffan Julén gesagt. Julén hat Alexijewitsch drei Jahre lang durch Belarus und Russland begleitet, weil er ihre

Arbeitsweise beobachten und verstehen wollte. Seit dreißig oder vierzig Jahren vermisst sie den sowjetischen und den postsowjetischen Menschen. Doch sie kartiert nicht die Geschichte der Ereignisse, sondern der Gefühle. Alexijewitschs Texte sind nackt, ohne Charakterisierungen oder Milieuschilderungen.

Julia erzählt: Unsere kleine Olga war krank, sie war erst vier Monate alt und hatte schwere Kruppanfälle. Ich hatte furchtbare Angst. Sie und ich wurden ins Krankenhaus eingewiesen, aber man konnte sie keine Sekunde hinlegen. Sie beruhigte sich nur, wenn ich sie trug. Also ging ich mit ihr die Flure auf und ab. Aber was, glauben Sie, tat ich, wenn sie endlich einmal eine halbe Stunde schlief? Ich war wirklich todmüde, was glauben Sie? Ich hatte die ganze Zeit *Archipel Gulag* unter dem Arm, kaum war sie eingeschlafen, schlug ich es auf. Auf dem einen Arm trug ich das todkranke Kind, unter dem anderen Solschenizyn. Bücher waren unser Ersatz für das Leben, so war unsere Welt.

Julia ist Swetlanas Freundin. Sie ist Professorin und Schriftstellerin, sie verfügt über ein fundiertes Wissen über die sowjetische und postsowjetische Gesellschaft, aber sie ist auch eine von Swetlana Alexijewitschs anonymen Stimmen in deren Buch *Secondhand-Zeit, Leben auf den Trümmern des Sozialismus*. In dem Dokumentarfilm sitzt sie an einem Wohnzimmertisch und raucht.

Ein Auge blickt direkt zu mir (also in die Kamera), das andere zur Seite. Ich bin eine Stimme in einem Chor, sagt sie und lächelt mit gerunzelter Stirn, halb nach außen, halb in sich hinein. Sie erklärt: Ein griechischer Chor ist ja ein komplex verflochtenes Kunstwerk. Leute fragen: »Was ist wahr? Wer steht dahinter?« Es können drei, vier Menschen sein. Manchmal gibt es die Person, aber nicht die Begebenheiten. Oder es ist eine wahre Geschichte, die einem anderen passiert ist. So macht Swetlana das, sagt Julia, drückt die Zigarette im Aschenbecher aus und fährt fort: Erzählungen entstehen nie nur im Kopf des Autors. Diese Annahme ist absurd. Alles ist auf komplizierte Weise mit dem Leben der Autorin verflochten. So arbeiten alle Schriftsteller. Alle Schriftsteller schreiben über sich selbst und über die Menschen, die ihnen am nächsten stehen.

Warum mischt sich alles mit allem? Seit der Geburt unserer Tochter sind fast vier Monate vergangen. Der Kaiserschnitt verheilt gut, abends versuche ich zu schreiben. Ich bin immer noch unruhig. Anfangs verstand ich das nicht, dann begriff ich es langsam. Dass unsere Tochter die Nacht durchschläft, dass sie atmet, dass sie tatsächlich nur so ruhig aussieht, wenn sie schläft, und dass ich dann nichts Besseres tun kann, als auch zu schlafen.

Julia als Stimme in *Secondhand-Zeit, Leben auf den Trümmern des Sozialismus* zu lesen und sie im Dokumentarfilm

Lyubov – Liebe auf Russisch zu sehen, sind verschiedene Dinge. Im Film hat sie etwas Verwegenes, sie ist überaus sympathisch und zugleich provozierend autoritär. Ihre Stimme im Buch wirkt hingegen bescheiden und zurückhaltend. Jetzt hat sie die rechte Hand erhoben, als trage sie immer noch das kranke Kind durch die Flure, sie sitzt mit geschlossenen Augen vor einem Bücherregal und sagt: Ich war eine unruhige Mutter. Sehr unruhig. Ich hatte ein vier Monate altes Baby auf dem Arm, in der anderen Hand hielt ich Alexander Solschenizyns dreibändiges *Archipel Gulag*. Das las ich in jenen Tagen, um nicht einzuschlafen, aber auch, weil ich wusste, dass es ein wichtiges Buch war, das man lesen musste. Und ich sah darin Beispiele für Mut. Manche Menschen verloren ihre Kinder. Andere hielten ihre Kinder genau so, wenn sie in Viehwagen verfrachtet wurden. Viele dachten, Swetlana habe das erfunden. Was für eine herzlose Mutter, sagten sie. Dieser Abschnitt handelt von mir, sagt Julia und zuckt mit den Achseln.

Unsere Tochter bekam, Millimeter um Millimeter, durch Zellteilung und embryonale Entwicklung jene Gestalt, in der sie später aus mir herausgeschnitten wurde. Ich weiß noch, wie sie sie hielten und dass sich unsere Blicke trafen, als sie sie hochhoben. Ich bin immer noch überzeugt, dass sie und ich dachten: Endlich! Vielleicht erkannte sie nur die Stimme wieder, als ich mit ihr sprach, Neugeborene können Schatten und scharfe Kontraste erkennen und unterscheiden. Und doch achten Babys von Geburt an auf Gesichter und Mimik, nur eine Woche nach der Geburt kann ein Baby das Gesicht seiner Mutter erkennen, nach zwei oder drei Monaten erkennt es ihr Gesicht auf einem Foto. Dass unsere Tochter damals neugeboren war und heute eine Brille mit starken Plusgläsern trägt, nun, diese Tatsachen ignoriere ich einfach. Ich denke, dass sie über zwei Wochen nach dem errechneten Termin zur Welt kam, dass sich unsere Blicke trafen, dass sie damals schon sie selbst und zugleich ganz anders war als das Mädchen, das beim Ultraschall im Bauch lag, einen Fuß über dem anderen, wie hingegossen, etwas zwischen Menschlein und überaus lebendigem Plankton. Ich sah, dass sie stark war, sie wischte mit der rechten Hand Wasser so kraftvoll zu sich hin, wie sie später die Milch trank, bis die Brust leer und flach war.

Jetzt bist du zwei Jahre alt und sitzt auf der anderen Seite des Küchentisches. Du hebst das Glas und siehst fasziniert zu, wie das Wasser überschwappt. Ich wische die Pfütze mit einem Lappen weg. Es ist Sommer, es ist heiß, oder es regnet, es ist neblig, ein Sturm kommt, das Meer ist voller Mysterien, die mit den großen Wellen an Land spülen. Was das Meer fasst, kennt keine Grenzen. Das Meer hat sein Bewegungsmuster, du das deine. Zunächst fühltest du dich wie Luft im Magen an, Menstruationsziehen, dann, einige Monate später, ich stieg nach einem Morgenbad gerade widerwillig aus dem Wasser, um zur Arbeit zu fahren, bekam ich einen Tritt, der BÄNG sagte. Ich richtete mich im Wasser auf, fasste mir an die Leiste, in mir klopfte und flatterte es. In Büchern hatte ich gelesen, dass sich die ersten Bewegungen wie Schmetterlingsflügel anfühlten, doch dies waren Tritte wie von den Pranken des Bären, der in Werner Herzogs Dokumentarfilm *Grizzly Man* im Fluss badet. Was wie Spiel wirkt, kann ebenso gut Verzweiflung sein. Der Bär taucht tief in den Fluss, um sich am Grund die letzten Lachskadaver zu sichern, Regisseur Herzog fragt und kommentiert ausführlich, dabei sehen wir akrobatisch-süße Bilder der tropfnassen Schnute des badenden Bären und seiner aus dem Wasser schnellenden Tatze.

Timothy Treadwell durchstreift das Flussdelta der kargen Landschaft von Hallo Bay und verkündet, er habe den Bären und ihrem Leben gedient. Er sagt, er habe den Code geknackt, um mit den Bären kommunizieren zu können. Dreizehn Sommer hat er, Seite an Seite mit Bären, in der Wildnis verbracht. In den vergangenen fünf Jahren hat er seine Erlebnisse und seine selbst gewählte Isolation in einer Art Video-Tagebuch festgehalten, es umfasst über einhundert Stunden Material. Die Bären gehen in den Winterschlaf, die Füchse ziehen sich in die Wälder zurück, bald sind sie vor den Menschen in Sicherheit. Das sind Timothy Treadwells Worte. 2001, sagt er, sei eine unglaubliche Saison gewesen, jetzt gehe die Expedition zu Ende. Treadwell hat sich und die Bären gefilmt, Herzog hatte Hunderte von Aufnahmen gesichtet, in denen

Treadwell in der Hallo Bay mit den Bären spricht. Er ist der Star seiner eigenen Reality Show. Er liebe die Bären im Wald, sagt Treadwell, und nennt die Namen, die er ihnen gegeben hat. Nachts, im Schlafsack in seinem Zelt, schläft er mit seinem Teddybären.

Tagsüber trägt er, auch wenn es regnet oder stürmt, eine schwarze Sonnenbrille und ordnet das blonde Haar und das Stirnband, das er um den Kopf gebunden trägt. Er gestikuliert, posiert, blickt in die Kamera wie der Schauspieler, der er einmal werden wollte. Mit viel Pathos sagt er: Ich verspreche, dass ich zurückkomme. *I promise*, sagt er, aber dann, aus dem Nichts, wird er wütend, Aggressionen brodeln auf. Er dreht sich um und deutet auf die Büsche, dann dreht er sich wieder der Kamera zu, tritt ganz dicht vor das Objektiv und sagt *fuck you, you lose, you loser, I'm the winner!* Das speit er aus, er ballt die Faust, fuchtelt mit dem Zeigefinger, wenn er über die Parkverwaltung spricht, mit der er seit dreizehn Jahren zusammenzuarbeiten versucht. Es ist August. Es ist ernst. Die Bären müssen jetzt Nahrung finden, um den Winter zu überleben. Timothy Treadwell ist erregt, er sagt: Ich studiere sie, und ich schütze sie. Dann beruhigt er sich, lacht abwiegelnd und entschuldigend, sagt, da habe ich mich wohl gerade ein bisschen aufgeregt. An dieser Stelle schaltet sich wieder Regisseur Herzog mit seinem Voice-Over ein und sagt in allwissend-neutralem Ton, im Bärenland müsse man die Tatsache akzeptieren, dass jede Entscheidung, die man trifft, auch über das eigene Leben entscheidet. Bären folgen ihrem Instinkt, Menschen treffen Entscheidungen, was für sie das Beste ist. Herzog sagt, er habe diesen Wahnsinn schon früher erlebt, beispielsweise bei Klaus Kinski. Aber das ist eine andere Geschichte, denn Timothy Treadwell spricht mit einschmeichelnd sanfter Stimme zu den Bären, die er in der Wildnis trifft, und er singt für sie. Auch den Kindern, denen er in den Schulen vom bedrohten und verwundbaren Leben der Bären erzählt, singt er Lieder vor.

Timothy Treadwell hat Frauen in die Wildnis und zu den Bären mitgenommen, beim letzten Mal hat ihn Amie Huguenard begleitet. Der Sommer ist vorüber. Es ist Anfang Oktober, die Bären bereiten sich auf den Winterschlaf vor. Timothy und seine Freundin sind so tief im Katmai Nationalpark wie nie zuvor, denn in diesem Jahr sind sie am Ende des Sommers nicht nach Hause gefahren. Bestand ihr fataler Irrtum darin, für spielerisches Planschen im Fluss zu halten, was jetzt, zu Herbstbeginn, in Wahrheit die konzentrierte Nahrungssuche der Bären war, um den Winter zu überstehen? Die Natur ist kein Idyll. Die Natur ist teilnahmslos und nicht weniger gefährlich, nur weil du meinst, sie gezähmt zu haben. Wenn du glaubst, dass du die Bärensprache beherrschst, glaubst du auch, dass du auf dem Wasser gehen kannst. Am Ende hältst du dich vielleicht für Gott und verstehst nicht, dass du nur als Mensch durch diese Welt gehst.

Als der Pilot, der das Paar abholen sollte, sie nicht fand, informierte er die Park-Rangers, die schnell in der Nähe des Camps fündig wurden. Neben den Überresten der beiden lag Treadwells Videokamera mit einer sechsminütigen Tonaufnahme, die Huguenard von dem Angriff auf Treadwell gemacht hatte, bevor sie selbst angegriffen wurde. Im Film sagt Werner Herzog mit starkem deutschem Akzent zu einer engen Freundin und früheren Geliebten von Treadwell: You must never listen to this.

Wenn du etwas ins Meer wirfst, treibt es fort oder sinkt zu Boden, aber es verschwindet nie. Jetzt höre ich meine Tochter durch das Babyphone, sie liegt in ihrem Reisebett, nein, jetzt steht sie und brüllt. Mama, ruft sie, die Schreie werden lauter. Tag für Tag treiben Millionen Tonnen Müll über die Weltmeere. Nur ein Bruchteil dieses Mülls schwimmt im Meer. Manches bleibt an den Stränden liegen, doch der überwiegende Teil des Mülls sinkt auf den Meeresboden. Ich höre sie durchs Fenster, das Babyphone füllt das winzige Hüttchen, das meine Schwiegereltern auf ihrem schwedischen Feriengrundstück gebaut haben. Ich gehe um das Haus herum, denke daran, wie sie am Morgen den Badeanzug über die Windeln gezogen hat. Als ich in die Hütte komme, deutet sie zur Tür, zum Fenster, zum Sicherungsschrank. DA DA DA, ruft sie und deutet auf die linke Fensterscheibe. Meint sie ein Insekt? Ich sehe nichts Ungewöhnliches. Dann sagt sie Badeanzug. Meer. Erdbeeren und Ich habe Hunger. Sie umklammert den Rand des schwarzen Reisebetts, bis die Hände weiß werden, sie wiederholt die Wörter, nachdrücklich, ich denke daran, wie klein ihre Hände auf dem Ultraschallbild waren, dabei stark und deutlich. In ihrem Gesicht sehe ich Züge meines Vaters. Ich sehe meinen Mann, seine Mutter und seinen Vater, die Gesichtszüge ihrer Brüder mischen sich mit denen meines Bruders. Dann lächelt sie und ähnelt meiner Schwester, bevor das Lächeln aufhört und zu einem Ausdruck wird, den es nur im Gesicht meiner Mutter gibt. Sie alle kommen durch sie zu mir, aber am ähnlichsten sieht unsere Tochter fraglos meiner Mutter. Hast du Durst?, frage ich und lasse im winzigen Bad Wasser in ein Glas laufen. Sie umfasst es mit beiden Händen. Trinkt das Wasser mit großen Schlucken. Das ist dreieinhalb Jahre her. Heute fragte sie mich: Wo war ich, bevor ich geboren wurde? Was sollte ich darauf antworten? Ich wusste es nicht, aber sagte, was auch wahr war: Du warst in meinem Herzen.

Ich stehe auf einem Uferstein, lasse mich hineingleiten. Das Wasser ist kalt, dunkel, unsere Tochter liegt oben in der Hütte und schläft. Ist das Freiheitsgefühl, das man beim Schwimmen verspürt, auch ein Bild des Todes? Man spült das Beschwerende ab, aber man verlässt auch das Land, um sich dem Element hinzugeben, dem man sich unter keinen Umständen hingeben kann? Oder geht es um die Gegensätze zwischen aufgeben, verschwinden, sichtbar werden, darum, sich tragen zu lassen, bevor man stehen oder aufrecht gehen kann? Zu versinken, um dann wieder aufzutauchen?

Die Breite des englischen Kanals beträgt nur siebenundzwanzig Kilometer Luftlinie, aber wegen der Gezeiten kann die Strecke fünfzig bis einhundert Kilometer lang sein. Fünfzehn Stunden und zweiundzwanzig Minuten brauchte Sally Bauer, um von Frankreich nach England zu schwimmen. Sie machte sechsundfünfzig Kraulzüge pro Minute. Beim Schwimmen sehe ich sie manchmal vor mir, eingeschmiert in Fett, das körnig wurde, während sie sich über Wasser zu halten versuchte, im Salzwasser, das ihr solchen Auftrieb gab, dass sie die Kraft des Beinschlags nicht wirklich einsetzen konnte. Zunge und Schleimhäute schwollen an, die Strömungen zogen sie mit. Vier Stunden lang musste Sally Bauer an derselben Stelle im Dunkeln gegen die Gezeiten kämpfen, ohne vorwärtszukommen. Die Tide warf sie immer wieder zurück, bis sie schließlich die Lichter sah, die auf den weißen Klippen von Dover entzündet worden waren.

Es war ein langer Tag, nachts träume ich, dass ich schwimme, nein, dass ich in einer Strömung feststecke. Da ist nur Widerstand. Es gibt kein Vorwärtskommen. Das Wasser strömt mir entgegen, schwappt über mich hinweg, schiebt mich zurück, während ich alle Kräfte mobilisiere, um weiter zu schwimmen, aber ich komme nicht vom Fleck. Das Wasser treibt mich zu einem Punkt zurück, der offenbar noch hinter dem Start liegt. Ich versuche es wieder. Versuche, meinen Atemrhythmus zu finden. Versuche, einen kühlen Kopf zu bewahren. Arbeite mit den Beinen und versuche, mich mit den Armen durch die Strömung zu ziehen. Ich bin zu schwach. Ich komme nicht voran. Ich habe keine Kraft mehr. Ich werde nach unten gezogen und begreife, dass hier Schluss ist. Fühlte sich Sally Bauer in der dritten oder vierten Stunde auch so? Wie schafft man es bis zur Stunde des Gezeitenwechsels durch die Gegenströmung? Wie bleibt man bei Kräften? Nachts wache ich auf, weil unsere Tochter ruft. Mama, ruft sie. Ich sehe dich nicht! Komm kuscheln! Komm her, Mama, ruft sie, also hebe ich sie aus dem Gitterbett und trage sie in unser Bett, lege sie zwischen meinen Mann und mich.

Unterwasserwellen kann man nur auf dem tiefsten Meeresgrund oder vom Mond aus sehen, doch dann ist man entweder ertrunken oder schwebt bereits schwerelos in den Weltraum hinaus. Ich sehe in meiner Tochter den Blick meiner Mutter. Ich schlucke Wasser, ich ringe nach Luft, als ich wieder auftauche, sagt meine Mutter zu mir, dass ich, ihre Tochter, immer eine arme, aber hungrige Seele haben werde. Was meinst du damit?, frage ich. Hunger, sagt sie, aber die Strömung ist stark. Ich werde hinabgezogen. Ich werde hinausgezogen, bis ich seitwärts zu schwimmen beginne. Beginne, wie sie zu sprechen, der Körper eingeklemmt, dem Horizont zustrebend, mit dem Mund am Meer, oder zu verstehen, dass das Meer der Mund ist, der sich um mich schließt. Als ich an die Oberfläche komme, steht meine Mutter auf einem Müllberg aus Plastik, den Kopf hoch erhoben, hinter sich die ganze Familie. In das Megafon ruft sie: Zieh deinen Badeanzug an, geh ins Meer und schwimm in dein neues Ich! Fülle die Lungen, schließe die Augen, tauche unter und wenn du wieder nach oben kommst, wird die übrige Welt dich umarmen. So, ja, das ist einfach, leicht, sagt meine Mutter zu mir, sodass alle Verwandten und alle vorbeifahrenden Fahrzeuge es hören. Insgeheim bete ich darum, dass die Grenzen meiner Sprache eines Tages zu deinem Meer finden.

Ist es so, wenn man ein Kind bekommt und mit Kindern lebt oder ein Kind ist? Dass man alles loslässt, Anlauf nimmt und einfach eintaucht? Oder so lange auf den eingefrorenen Moment starrt, dass man schließlich glaubt, dort zu sein, in *Hällkaret* oder *The Rock Pool* (2012–2013), einem Gemälde von Gunnel Wåhlstrand, das wie eine Fotografie wirkt, aber mit Tusche, Schwamm und Pinsel gemalt wurde. *Hällkaret* zeigt ein klassisches Schärenmotiv, die Inseln und der weite Horizont wirken monumental und postkarten-idyllisch, aber bevor sich das Inselreich öffnet, gleitet der Blick auf Blätter und Seerosen im Vordergrund, die still und reglos vor dem großen, helleren Meer in einem tieferen, dunkleren Becken liegen. Betrachtet man das unbewegte Wasser genauer, erkennt man auch das Modern und den Tod, die Voraussetzung für das Leben und das Unendliche dahinter. In diesem Seerosenteich sehe ich Duras. Nein, ich sehe sie nicht, ich höre sie, wenn ich die harten und doch hoffnungsvollen letzten Sätze des Romans *Emily L.* lese: »Ich wollte Ihnen sagen, daß es nicht genügt, gut oder schlecht zu schreiben, schön oder sehr schöne Schriften zu verfassen, daß das nicht mehr genügt, damit es ein Buch wird, das man mit einer persönlichen Gier und nicht mit der üblichen Gier liest. Daß es auch nicht mehr genügt, einfach nur so zu schreiben, weiszumachen, es geschehe gedankenlos, nur von der Hand geleitet. So wie es auch zuviel ist, nur mit den Gedanken im Kopf, der das Wahnsinnsunternehmen überwacht, zu schreiben. [...] Ich habe Ihnen auch gesagt, man solle ohne sich zu korrigieren schreiben, nicht notwendigerweise schnell, in höchster Eile, nein, sondern so, wie es einem selbst entspricht und dem Augenblick, der da durchlebt wird, man solle, in diesem Augenblick da, das zu Schreibende ausstoßen, geradezu mißhandeln, ja mißhandeln, nichts von seiner überflüssigen Masse wegnehmen, nichts, sie eins sein lassen mit dem übrigen, nichts mäßigen, weder Schnelligkeit noch Langsamkeit, alles im Zustand des Erscheinens belassen.«

Kann das Landschaftsmotiv eine Autobiografie sein? Kann die Natur, durch das Ästhetische, auf ethische Weise kultiviert und bewirtschaftet werden? Unser Vater dachte durchaus so, wenn er auf der noch recht neuen Autostraße, vom Fahrersitz des alten roten Volvos und durch die Windschutzscheibe, aus der Ferne auf die frisch gemähten Hänge sah. Das Auto war mit Kindern, Sack und Pack beladen, es ging auf die Insel vor Bergen zu Mutters Eltern. Vater rollte auf dem Hin- und dem Rückweg die Scheibe runter, wandte sich zu uns um und sagte: Seht euch diese Hänge an, als lege er ein Zeugnis vor. Die Grasränder am Geröll und unter dem Zaun waren makellos. Ich wusste, wie viel Arbeit von ihm, von Großvater, Eirik, Mutter und uns Kindern da drinsteckte, dachte aber nur daran, warum wir nicht bei Oma und Opa bleiben konnten, die uns spätabends zur Fjordmündung mitnahmen. Wir alle dachten, das ist Sommer, oder: So kann Sommer auch sein. Silbrig blinkende Makrelen angeln. Holme und Schären umrunden, wo Großvater Käfige mit Krabben aus der Tiefe zog. Die Krabben in dem großen Topf in der Küche kochen, dann die Schale mit einem Hammer aufbrechen und das Fleisch aus einer Schere saugen.

Sommer war, wenn die Kinder erwachsen wurden und alles wuchs, bevor man es dann erntete. Ich spüre immer, wie die schwarzen Haare meiner Mutter wogen, wenn sie von mir forttreibt. Wie Meeresströmungen den Sand aufwirbeln, Steine verschieben, den Sand mitziehen. Über den Meeresgrund laufen kilometerlange Sandwellenfelder in mäandernden Bändern. Die Haare meiner Mutter sind nass und schwerelos, sie schlängeln sich in Strähnen auf und unter dem Wasser. Sie geht trockenen Fußes von einer Plastikscholle zur nächsten. Über Kippen, Spielzeuge, Spritzennadeln, Einkaufstüten, Brottüten, Taue, alte Autoreifen und Cola-Flaschen.

Jetzt ist es Abend. Es war ein ungewöhnlich warmer und langer Sommer. Omi hat mich lieb, sagt meine Tochter, bevor sie einschläft. Sie haben sich ein Jahr lang nicht gesehen. Ich stopfe schmutzige Socken und Hosen, Strumpfhosen und Spucktücher in die Waschmaschine. Stelle das sechzig-Grad Programm ein, höre das Wasser in die Maschine laufen, sehe alles rhythmisch im Schaum kreisen, denke an Kate Bushs Lied »Mrs. Batolozzi«. Ich sehe die Frau in dem Lied vor mir, die ich lange irrtümlich »Washing Machine« nannte. Ich sehe die Kleidung, die sich in der Waschmaschine dreht, zu einem Meer mit hohen Wellen werden. Ich stehe am Meer, sehe schmelzende Gletscher abbrechen und ins Meer stürzen. Das Meer rast über die Strände, Häuser und Gärten werden von einer großen weißen Welle überschwemmt, dann legt sich bis zum Horizont ein zähflüssiger Schaum aus See und Schnee über das Land. Ich verfolge, wie die Wellen gefrieren und uns alle in eine neue Eiszeit einkapseln. Oder stecken wir nur in einem Vakuum aus tauendem Schneematsch?

Wenn ich an diese Zeit zurückdenke, habe ich nur wenige Erinnerungen. Es war eine versunkene Zeit. Ich war schwanger, ich weiß noch, dass meine Mutter sagte: Liebe Tochter, verlier nicht den Mut und denk möglichst wenig, je weniger du denkst, umso einfacher wird das Leben für dein Kind und dich. Was meinst du damit, Mutter?, fragte ich. Es geht nicht darum, was ich meine. Glaub mir, der Sinn wird sich dir mit der Zeit erschließen. Sei geduldig und behalte gute Laune. Das ist der beste Rat, den ich dir geben kann. Sie stand vor mir und sagte mit Nachdruck, du solltest schon jetzt eine Tasche mit Socken, Unterwäsche, Morgenmantel, T-Shirts und Hosen packen. Ein Pullover wäre gut. Denk an den Kulturbeutel. Und Binden, auch wenn sie die im Krankenhaus sicher haben. Windeln haben sie auf jeden Fall. Meine Mutter ist praktisch veranlagt, sie macht nicht viele Worte. Der Tag war warm gewesen, ich stehe auf der Mole und schaue aufs Meer. Von hier kann ich weit sehen. Ich sehe, wie sich der Müll zu Inseln sammelt. Ich sehe, wie mikroskopische Plastikpartikel in einen Strom neuer, durchsichtiger Partikel hineinwirbeln, der Strudel wogt auf und ab, dann zerfällt er in kleine Teile, so klein, dass sie schließlich unsichtbar werden. Ich schaue von der Mole auf das, was ich einmal für die Welt hielt, während die Welt für mich langsam, aber sicher verschwindet. Leb wohl, du Mutter Norwegen, nun reis ich fort von dir. War es nicht das, was meine Mutter gesagt hatte? Um die zu sein, die man werden soll, muss man erst mal all das sein, was man nicht sein soll. Ich könnte nicht ich sein, nicht in dieser Landschaft. Meine Mutter hat nie gesagt, dass ich auf den falschen Erdball gekommen sei. Sie hat auch nicht gesagt, dass diese Landschaft aus Sumpf, Milch, Spucktüchern und Tränen de facto die einzige Landschaft ist, zu der ich mich jetzt verhalten muss. Für so etwas ist meine Mutter zu klug, und so, wie wir einmal an einer Kreuzung standen und winkten, so ziehen sich die Wellen zusammen, bevor sie wachsen und sich ausdehnen. Wie sich das Meer zurückzieht, um sich später aufzutürmen, so war der Abschied zwischen meiner Mutter und mir. Die Sätze zwischen uns glichen einem Kuchen, aber die Sätze sahen auch aus wie ein treibender Müllberg. Als trudelten die Wörter in einer Pfütze, bevor sie sich zu größeren Einheiten zusammenfanden. Aus der Entfernung sah das schön aus, es schillerte in vielen verschiedenen Farben.

Wir spielen im Wohnzimmer auf dem Fußboden. Ich will wieder Milch von dir trinken, sagt meine Tochter plötzlich, und ich sage nein, jetzt bist du groß. Fünfeinhalb Jahre alt. Was sie sagte, gehörte zum Spiel, aber sie erinnert sich an etwas als offen, das jetzt versperrt ist. Weißt du noch, wie die Milch schmeckte?, frage ich in dem Versuch, sie in das Spiel zurückzuholen. Süß, sagt sie, wie Mama. Sie lächelt. Brustentzündungen und Stillmarathon liegen hinter uns. Ich stillte, bis sie mit gut einem Jahr den ersten Zahn bekam. Nachts hörte ich ein eigenartiges Lied: Leb wohl, du Mutter Norwegen, nun reis ich fort von dir. Das Schiff ist beladen mit Blasenfolie, BHs, Binden und Sperrholz. Meine Mutter ruft ihren engsten Verbündeten und Töchtern zu, das sei DIE MUTTERSCHAFT. Du gehst vorwärts, um zurückzugehen, und wenn du lange genug zurückgegangen bist, gehst du wieder vorwärts. Es ist unverdient, unangemessen, es ist völliger Untergang und völliges Glück, alles zugleich. Nicht wahr? Ich weiß nicht, ob ich schlafe, träume oder schwimme, begreife aber, dass es nicht mehr ich heißt, von jetzt an heißt es wir. Was jetzt durch mich spricht und atmet, ist meine Tochter. Meine Tochter verweist darauf, dass es jetzt an mir ist, diese Mutterschaft zu übernehmen. Mit zähen Schwimmzügen, durch Strömungen, Schaum und Luftblasen ziehe ich mich weiter, vorwärts und fort.

Schreiben ist wie der Sommer, man ist auf andere Weise entspannt oder gestresst als im Alltag und im Rest des Jahres. In der vermeintlichen Abwesenheit von Anforderungen entspannt zu sein, zu packen, was unter der Wasseroberfläche liegt, das Untergründige hoch- und an eine Oberfläche zu holen, die alle zu sehen meinen, von der sie meinen, sie machten sie mehr oder weniger aus. Die Zeit ergänzt, löscht, addiert, subtrahiert, wandelt sich wie die Erinnerung, wenn sie Schichten über den Moment und das Geschriebene legt, das sich im Schreiben selbst erschafft.

Der Wind erfasst den Ballon, treibt ihn über das Hütten- und das Garagendach, über den Graben. Hinter der Hecke zum Nachbarn hören wir einen Knall. Mein Ballon! Mein Baaaaallloooooong! Jetzt sind wir am Strand, im Schaum liegt ein blauweißer Seestern, klein genug, um in die Hand unserer Tochter zu passen. Dann finden wir eine tote Krabbe. Der Schaum ist auf den Wellen über die Meeresoberfläche getrieben und legt sich als weißer Bläschen-Kragen auf das Ufer. Die Wölbungen sind winzig, als wir sie genauer betrachten, wirken die Blasen gelb, wie das Muster eines alten, feingenähten Spitzenkragens. Am Strand finden wir eine Tauchermaske an einem schlappen Kiefernzweig, unter dem Zweig liegt im Sand eine rosa Sonnenbrille mit Strasssteinen und zerbrochenem Bügel. Wir finden eine ausgebleichte Plastiktüte, dann noch eine, einen Stiefel in Größe 43, auf einem Stein ein Fläschchen Nasenspray, eine orangefarbene Boje, nicht weit davon ein Paar weißrosa Badesandalen, ordentlich aufgestellt neben einem Bikini in Größe 9–12 Jahre. Was ist passiert? Plötzlich gleicht der Fund am Strand einem Tatort. Nein. Es ist nur das Ende des Sommers. Ein paar Boote sind noch draußen, andere wurden aus dem Wasser geholt und lagern über Winter an Land. Wir tragen Regenjacken und Mützen, die Brille meiner Tochter beschlägt, sie nimmt sie ab, ich trockne sie mit dem Pullover. Sie schiebt sie sich selbst wieder hinter die Ohren, unter zwei Mützen-Schichten. In dem Nebel, der über uns hereingesickert ist, muss ich an das eingeweichte schwarze Kleid denken, das man nach drei Monaten im Toten Meer ganz weiß herauszog. Der Uferschaum ähnelt etwas zwischen einem fein gesponnenen Spinngewebe und regennasser Zuckerwatte. Der Schaum an dem Strand, den unsere Tochter und ich entlanggehen, lässt mich an das Salz denken, das das schwarze Kleid umschlossen hatte. Salz ähnelt Zucker, aber das Salz vom Toten Meer verwandelte das Witwenkleid in ein Brautkleid. Das Tote Meer ist der niedrigste Punkt der Erdoberfläche, es ist tiefer als die umliegenden Berge hoch sind. Der See liegt ganze vierhundert Meter unter dem »normalen« Meeresspiegel, es hat keinen Ablauf, und da das Wasser langsam, aber sicher verdunstet, reichert sich das Salz an. Wegen der Trockenheit verliert der See mehr Wasser als hineinfließt, das Tote Meer verschwindet.

Am Strand hält meine Tochter meine Hand, oder ist es eher so, dass sie mich führt? Vor einigen Tagen sagte sie: Ich werde auf dich aufpassen. Was meinte sie damit? Das Tote Meer, sage ich und stellte mir vor, wie ich alles hineinwerfe, was ich gern weiß hätte, aber die Dinge treiben oben und sinken nicht. Es funktioniert nicht, ich muss ins Wasser und jeden einzelnen Gegenstand mit einem Lot beschweren: die Sense meines Großvaters, den Kinderwagen, den Still-BH, den Spielbogen, Skistöcke und ein Schulbuch. Die Dinge liegen im Salz und reifen. Die Zeit vergeht, die Zeit verwaltet Dinge wie Zustände. Nach anderthalb Jahren hole ich mit einer Angelrute den ersten und größten Gegenstand aus meinem früheren Leben hoch. Der Kinderwagen gleicht der magischen Kristallkutsche aus einem Disney-Film. Meine Tochter steht lange am Ufer des Toten Meeres und mustert das Kunstwerk, das ich hochgezogen habe, dann fragt sie: Hast du einmal da drin gelegen? Ja, das habe ich, sage ich. Dann erzähle ich, wie sie, meine Tochter, einmal in meinem Bauch gelegen hat. Ich erzähle von der Zeit im Bauch meiner Mutter, davon, dass der Bauch ihrer Großmutter ganze neun Monate lang mein Haus war. Haben Tante und Onkel auch da drin gewohnt? Ja, in Großmutters Haus ist Platz für viele, antworte ich.

Im Winter stellte ich die große Matrjoschka-Puppe zwischen uns auf den Küchentisch. Meine Tochter saß in ihrer roten Strumpfhose auf dem Stuhl, ich öffnete die große Puppe, nahm eine Puppe nach der anderen heraus und stellte sie wie ein kleines Heer nebeneinander auf den Tisch. Das bist du, sagte ich zu meiner Tochter und hielt die kleinste Puppe mit den drei Locken unter dem Schal hoch. Und das bin ich. Ich deute auf die nächstgrößere Puppe mit dem türkisweißen Tupfenschal. Das ist Omi, das die Uromi, und die große Puppe ist deine Ururomi, wir sind mit allen verwandt. Oh, sagte meine Tochter und steckte die kleinste Puppe in den Mund. Dann griff sie nach der zweitkleinsten Puppe und sagte: Ich esse dich jetzt auf. Sie lachte. Nimm die Puppe sofort aus dem Mund, sagte ich, so ernst ich konnte.

Am Ufer zittert der Schaum, Regentropfen liegen wie ein Film auf den Baumkronen, der Regenjacke und den Brillengläsern unserer Tochter. Weiter draußen schreien die Möwen. *Матрешка* ist der russische Kosename für Frauen. Es geht auf das lateinische *mater* zurück, was Mutter bedeutet. Die große Matrjoschka, die ich 1998 auf einem Markt in Sankt Petersburg gekauft habe, hat blaue Augen und rote Haare. Ihr Mund gleicht einem goldenen Halbmond mit einem Herz darauf. Auf ihrem Haar schimmert es golden, über dem Goldschimmer liegt eine platt gedrückte Rose auf dem türkisweiß getupften Schal. Jede Puppe wurde von einem erfahrenen Schnitzer handgedrechselt. Das jedenfalls behauptete der Verkäufer auf dem Sankt Petersburger Markt. Schrauben Sie die Unter- und Oberteile immer gut zusammen! Holz reagiert auf Kälte und Wärme, es dehnt sich und zieht sich zusammen, wie der Körper einer Frau, sagte er zu mir. Ich bezahlte mit Dollar, und der Verkäufer sagte lächelnd: Passen Sie gut auf Ihre Matrjoschka auf, als nähme ich ein Kind oder eine hochbetagte Mutter entgegen.

Der Sommer ist vorbei, es ist September und partielle Mondfinsternis. Es regnet. Wir sind zum Äpfelklauen in den Garten eines Hüttennachbarn gegangen, der selten da ist. Es ist ein guter Herbst, der Apfelbaum biegt sich, am Boden liegen Früchte und verfaulen. Können wir Kuchen backen?, fragt unsere Tochter, als wir den rosa Fahrradhelm mit gestohlenen Äpfeln füllen, die auf der Oberseite schön aussehen, aber auf der Unterseite Spuren von Nagetierzähnen und Vogelschnäbeln haben. Zwischen den Äpfeln liegen ineinander verknäuelte Nacktschnecken. Wir beschließen, einen Apfelkuchen zu backen. Ist der Sommer, wie das Leben, nur ein kurzer Lichtstrahl auf dem

Weg hinab ins Meer? Der Nebel ist dicht, bald sehen wir nichts mehr, hören nur noch die Brandung. Die Nebelpartikel wirken wie ein Vergrößerungsglas. Die Brillengläser meiner Tochter sind weiß beschlagen. Ich nehme ihr die Brille ab und stecke sie in meine Regenjacke. Man sieht gar nichts mehr.

Gunnel Wåhlstrands Gemälde *Hällkaret* ist 201 x 137 Zentimeter groß und geht auf eine Schwarz-Weiß-Fotografie aus den Vierziger- oder Fünfzigerjahren zurück. Die von ihr aufgespannte Leinwand ist so groß, dass man meint, in das Werk hineingehen zu können. Der Arbeitsprozess ist diffizil, der kleinste Fehler zwingt Wåhlstrand, bei der imponierenden Detailarbeit von vorne anzufangen. Zeit ist das Zentrum und der Schmerzpunkt in ihrer Kunst. Das Werk kreist um das Familienalbum aus einer vergangenen Zeit, vor der Geburt der Künstlerin. Als Gunnel Wåhlstrand ein Jahr alt war, nahm sich ihr Vater das Leben. Vor einer Londoner Ausstellung sagt sie zu einer britischen Zeitung: Als ich aufwuchs, hatte ich von meinem Vater nichts als eine Schachtel voller Fotos. Dort habe ich jeden Tag nach ihm gesucht, auch als Erwachsene. Es war ein Weg, zur Ruhe zu kommen, eine Art Gebet. Als ich begriff, dass diese Fotografien das Fundament meiner gesamten Existenz gelegt hatten, wusste ich, dass ich irgendwie in sie hineinfinden und eine Technik entwickeln musste, die mir erlaubte, mich möglichst lange in den Motiven aufzuhalten.

Die Farben in Wåhlstrands Arbeiten erinnern mich an ein Standbild von Ingrid Bergman auf der Vulkaninsel Stromboli aus dem gleichnamigen Spielfilm von 1950. Es ist schwer zu sagen, ob das Foto bei Tag oder Nacht gemacht wurde, auf ihrem Gesicht, oder dem Gesicht von Karin, wie Bergman in dem Film heißt, liegen gräuliche Schatten. Der Film erzählt Karins Geschichte, sie ist eine illegal eingewanderte Litauerin, die unmittelbar nach dem Zweiten Weltkrieg außerhalb von Rom in einem Gefangenenlager einsitzt. Davor lebte sie in der Tschechoslowakei und war mit einem Architekten verheiratet, der während der deutschen Besatzung starb. Aus der Tschechoslowakei kam sie über Jugoslawien nach Italien, wo sie sich illegal und mit falschen Papieren niederließ. Die italienischen Behörden steckten sie in ein Internierungslager, dort lernte sie den Soldaten Antonio kennen, den sie heiratete, vielleicht vor allem, um freizukommen. Antonio nimmt sie mit nach Hause auf die isolierte und teilweise entvölkerte Vulkaninsel Stromboli. Karins Flucht aus dem Internierungslager auf die Vulkaninsel nördlich von Sizilien, weit draußen im Tyrrhenischen Meer, wird zu einer Flucht aus der Asche ins Feuer, der Regisseur ist Roberto Rossellini.

Karin will vom ersten Moment an wieder weg, die Insel erscheint ihr unheimlich und bedrohlich, zum einen wegen des brodelnden Vulkans, zum anderen, weil ihr Mann als Fischer lange Zeit auf dem Meer ist und die

Sicht der Inselgesellschaft auf Frauen (oder auf Zugezogene? Oder doch nur auf Karin?) stark religiös geprägt ist. Als die Einwohner das falsche Gerücht verbreiten, dass Karin ihren Mann betrogen hat, schlägt Antonio sie und verbrettert das Haus, bevor er wieder mit den anderen Männern zum Fischen hinausfährt. Durch die verbretterten Fenster und Türen ist Karin jetzt doppelt gefangen. Ob Antonio Karin einsperrt, weil er fürchtet, dass sie ihn wieder betrügen könnte, oder weil er den anderen Einwohnern zeigen will, dass er ein Mann der Tat ist, weiß ich nicht. Karin gelingt es, das Haus zu verlassen, aber wohin soll sie gehen? Über das Meer, fort von der Insel? Seit sie hier an Land gegangen ist, hat sie sich von der Insel fortgewünscht, für deren Einwohner sie eine Mischung aus exotischer Fremder und lasterhafter Frau ist. Nach einem misslungenen Versuch, mit einem Boot zu fliehen, klettert Karin über die steilen Hänge zur höchsten und explosivsten Stelle der Insel, dem brodelnden Krater, den alle fürchten. Karin ist schwanger, sie hält die Hand auf den Bauch und bedeckt den Mund mit einem Halstuch, um nicht die Vulkanasche einzuatmen. Der Rauch ist wie dichter Nebel, Karin geht im Kreis, sieht sich ständig um und versucht zu entscheiden, wohin sie gehen soll. Sie ist erschöpft, um sie sind nur Lava und Asche, langsam begreift sie, dass dieser Berg nur einer von vielen ist, die sie überwinden muss, um zu entkommen. Aber sie findet keinen Weg und hier, mit Karin neben der glühenden Öffnung zum Erdinneren, endet der Film.

Das Erdinnere ist so heiß wie die Sonne, aber möglicherweise gibt es in der Erde dreimal so viel Wasser wie auf der Erdoberfläche. In Taschen mit flüssigem Magma befindet sich Wasser, das das Gestein im Erdmantel zum Schmelzen bringen kann. Forscher haben solche Magmataschen in fünf- bis siebenhundert Kilometern Tiefe gefunden. In den Mineralien könnte es genügend Wasser für einen ganzen Ozean geben. Wasserhaltiges Magma ist hochexplosiv, aber nur die gefürchtetsten Vulkane, wie der Vesuv und der Stromboli, speien das Wasser aus.

Jetzt sitzen mein Vater und sein Onkel unten in der Stube und unterhalten sich. Der Sommer ist zu Ende, die zweite Mahd steht an. Bei meinem Vater wurden gerade Metastasen diagnostiziert, der Krebs hat ins Gehirn gestreut, und jetzt sagt mein Vater, er wolle die steilste Wiese des ganzen Hofes mähen. Er warte nur darauf, dass der Regen nachlasse, um die Mähmaschine anwerfen zu können. Eirik sitzt im Sessel. Eirik hört zu, beide Hände auf dem Stock, den er in regelmäßigen Abständen auf den Boden stößt. Eirik hält den Takt. Eirik nickt zu den Lügen meines Vaters, oder sollte man sie lieber Hoffnung nennen? Schwarz, weiß, Wahrheit, Lüge: Eines Abends läuft im Fernsehen Becketts *Endgame*. Clov hat dem blinden Hamm einen Plüschhund gemacht. Hamm sagt: »It is white, isn't it?« Der Hund ist völlig schwarz. Clov sagt: »It is nearly white.« Wer die Wahrheit sagen will, muss brutal sein. Wer lügen muss, muss es ohne Nuancen und

Details tun. Wütend sagt Hamm: »Is it white or isn't it?« Und Clov sagt: »It isn't.«

Ich mache den Fernseher aus und denke, dass Clov den Mund hätte halten können. Ich denke, dass Hamm, selbst wenn er blind ist, kein eindimensionales Opfer ist. Clov zeigt Respekt für Hamm und die Situation. Es fehlte nicht viel, und ich würde Clov als moralischen Menschen bezeichnen. Nicht, weil er durch die Verneinung mit der Wahrheit herausrückt, sondern weil er durch die Verneinung die unbehagliche, unumkehrbare Schwarz-Weiß-Situation sichtbar macht. Ich schaue auf den Bildschirm wie in die Glut eines uralten Feuers. Im Haus ist es still, zwölf Jahre sind seit Eiriks Tod vergangen, er war der Onkel meines Vaters und starb ein Jahr nach ihm, ein Jahr später starb mein Großvater, damit waren der Hof, das Land und das ganze *vom Vater auf den Sohn* ein sehr verwaister Ort.

Irgendwo schreibt Beckett von seiner Angst, dem eigenen Verwesen zuzuhören, auf die mächtigen Blutstürze des Herzens zu warten. Er beschreibt, wie er am Abend in seinem eiskalten Bett liegt und das Gefühl hat, dass er älter sein wird als an dem Tag, in der Nacht, da der Himmel mit all seinen Lichtern auf ihn fiel. Er liegt im Bett, schaut zum Himmel und denkt, dass er heute Abend versuchen muss, sich selbst zu überlisten. Heute Abend erträgt er es nicht mehr, nur dazuliegen und darauf zu warten, dass es in seinem Kopf mit den langwierigen Morden vorbei sei. Er muss versuchen, sich zu beruhigen. Er muss sich eine Geschichte erzählen.

Einmal glaubte ich, am Fährhafen in Stavanger meinen Vater zu sehen. Da bist du ja! Papa! Du hast uns gefehlt. Ich war sicher, dass er es war. Ich ging langsam zu dem Mann, der da stand, dünn, in Jeans, mit einer dunkelblauen Daunenjacke und einer Mütze auf dem Kopf. Ich sah ihn an, lächelte und wollte ihm alles erzählen. Dass ich jetzt verheiratet war, zwei Stiefsöhne und eine Tochter hatte. Dass ich als Lehrerin arbeitete und wir jetzt in gewisser Weise Kollegen seien. Das hättest du nicht gedacht, nicht wahr? Dass ich einmal als Lehrerin ende? Bevor ich ganz bei ihm war, wandte er sich von mir ab und ging.

Ich will nicht, dass jemand mich anlügt. Natürlich will ich das nicht, aber wenn das Leben zu Ende wäre, wenn es gegen Ende ginge und niemand etwas tun könnte? Du sollst nicht lügen, aber als Peer Gynt zu seiner Mutter heimkehrt, ist seine Mutter Åse in guten Händen, denn Peer ist ein Experte. Er lügt seiner Mutter die Hucke voll, wirft in munterem Takt mit lauter Lügen um sich. Die größte ist nicht, dass er auf einem Rentierbock geritten sei, er streut Lügen, die seine Mutter aus dem Krankenbett, von allem fortführen. Die Lebenslüge ist nicht nur die Lüge, auf der man ein Leben aufbaut, sie ist auch die

Lüge, die das Verlassen des Lebens erleichtert. Vielleicht gibt es am Lebensende keine wahrere und liebevollere Fürsorge als die Lüge?

Das erste Lied und die erste Novelle in Frode Gryttens Buch *Was im Leben zählt* heißt: »Sing mich in den Schlaf«. Und wenn nur eine Lüge zum Ziel führt, darf sie dann nicht einfach sein? Die Mutter ist in die Wohnung im Arbeiterblock heimgekommen, um zu sterben. Sie sagt, sie habe genug Medikamente genommen, und der Sohn drängt sie nicht, mehr zu nehmen. Auch er weiß, dass es vorbei ist. Er glaubt nicht mehr an die hellen Sommernächte, als er sich an das Leben seiner Mutter erinnert und dabei im Hinterkopf Morrissey singen hört. Der Sohn hat Morrissey, die Mutter den Sohn. Er hat ihr nicht einmal gesagt, dass er sie liebt, nicht einmal das hat er zu sagen gewagt. Der Sohn liebt seine Mutter aus tiefstem Herzen. Sie ist die wunderbarste Frau, die er kennt, denkt er, und erzählt der Mutter etwas, das nicht wahr ist, worauf sie aber, wie er weiß, gehofft hat, seit er erwachsen ist: dass er eine Frau kennengelernt, dass er jetzt eine Freundin hat. Dass der Sohn lügt, weil es ihm dann selbst besser geht, ist zweitrangig. Er lügt vor allem, damit seine Mutter Frieden findet, und Frieden findet sie nur, wenn er sagt, dass er ein Mädchen kennengelernt hat, also tut er es. Denn nun hat sich der Tod in ihrem Körper eingenistet und der Sohn sagt, er habe so viele böse Wörter, sie, seine Mutter, habe keine.

Ist die Lüge böse? Wenn das Gegenteil von Wahrheit Lüge ist, muss es dazwischen einen Punkt geben, wo sich die Pole treffen. Nicht als Kompromiss, sondern als Ruhepunkt in der Krise. Denn wer lügt, dem geht es nicht gut. Ob es ihm besser geht, wenn er die Wahrheit sagt, steht auf einem anderen Blatt. Ich glaube an diesen Ruhepunkt zwischen Wahrheit und Lüge, ich muss daran glauben, dass es etwas in der Mitte gibt, das sagt, es sei in Ordnung. Du lügst nicht, oder es ist in Ordnung, dass du lügst, deine Erinnerungen manipulierst und dich zwischen dem Erlaubten und dem Unerlaubten ausruhst. Der Ruhepunkt muss sagen: Hier kannst du so lange wohnen, wie du musst, ich habe Platz für uns beide, das Wahre und das Unwahre, denn wir wissen, was kommen und was verschwinden wird. Nein, wir wissen nichts, wir sind der Existenz gnadenlos ausgeliefert, und irgendwo müssen wir hin mit uns.

Beim nächsten Mal sitze ich in Oslo in der Straßenbahn und weiß kaum, ob Morgen oder Abend ist. Ich bin müde, habe zu viel gearbeitet und zu wenig geschlafen, aber dann sehe ich einen Rücken, erkenne den Gang und die blaue Swix-Mütze, oder ist es die von der Olympiade in Lahti? Die Mütze steht hoch auf dem Kopf. Ich habe Lust, sie ihm über die Ohren zu ziehen. Er geht durch die Straßenbahn, setzt sich einige Reihen vor mich. Das ist er, denke ich, weiß, dass es nicht Vater ist, stehe dennoch auf und gehe nach vorn. Hallo, sage ich, und er hebt eine Hand zu einem selbstverständlichen Gruß. Er wirkt weder verstört noch überrascht, mich zu sehen. Hallo, antwortet er, und ich schlucke. Was versuche ich hier? Will ich mich selbst ins ganz Unmögliche locken und betrügen? Jede objektive Realität außer Kraft setzen? Ich gehe wieder nach hinten. Drücke auf die Haltetaste, gehe die Stufen hinunter und steige an der nächstbesten Haltestelle aus.

Könnte es so sein, dass ein Punkt wie dieser, wo das Leben nicht hinreicht, zu einer lebenswichtigen Fantasie wird? In der Lüge ist alles austauschbar. Die gute Lüge hebt alles auf, schafft eine Brücke oder eine Welle, auf der man segeln kann. Oder? Am Ende erfüllt sich für die Mutter der Traum, dem nur das Erdichtete gerecht wird. Sie will nur, dass ihr Sohn ein nettes Mädchen trifft, ein Mädchen zum Heiraten. Die Mutter hat alles für ihren Sohn getan. Darum tut der Sohn alles für die Mutter, und es ist, als sage er zu sich selbst, den Lesern und jeder Moralvorstellung: Ich verspreche dir, die schönste Lüge führt zum längsten Schlaf. Es ist, denkt der Sohn, ja wahr, was man sagt: »Wenn du lange genug lügst, wird man dir am Ende glauben. Ich muss nur lügen und lange genug durchhalten.«

Ich riss ihm seine Heugabel aus der Hand. Vater war den Hang hinauf- und hinuntergestiegen, er hatte das regenschwere Gras bergauf getragen, damit der Traktor es dort abholen konnte. Ich konnte es nicht mehr mitansehen, ich riss ihm die Heugabel so abrupt aus den Händen, dass er fast umfiel. Er ist blau angelaufen, das Blau ist stärker geworden, er bekommt keine Luft. Mein Vater ist Lehrer und Bauer, ich war einmal seine Schülerin. Ich muss mich wohl fügen, sagt er und steht ganz allein im Klassenzimmer. Meine Schrift ist hässlich, meine Wörter sind hässlich. An diesem Morgen war er aufgestanden, hatte sich eine Stunde lang übergeben, war dann hinausgegangen und hatte die Mähmaschine angeworfen. Wir konnten ein großes Stück mähen, aber das Gras wuchs wieder. Es ist eine zweite Mahd.

»Überläßt man in der Einsamkeit die Gedanken sich selbst, benimmt sich dein Geist wie ein entlaufener Hengst«, schreibt Michel de Montaigne in seinem Essay »Vom Müßiggang«, und ich denke, dass das, was in einem so wilden Zustand zwischen Menschen, die einander lieben oder auf irgendeine Weise brauchen, gesprochen wird, eine Lüge sein kann. Wenn sich das Leben zuspitzt, schafft man es vielleicht nicht, im Gespräch mit den Menschen, die einem am nächsten stehen, klar Ja oder Nein zu sagen. Die Folge sind Umgehungen und etwas zu detaillierte Nuancen. Die Folge ist das fürsorgliche, gleichwohl ängstliche und falsche *it's nearly white*. Da Clov weiß, dass der Tod wartet, soll das Leben in Erwartung des Todes einfach oder möglichst einfach sein. Montaigne schreibt, dass wir nur durch das Wort miteinander in Verbindung stehen und zum Menschen werden, aber in seinem ersten Buch, im Essay »Die Lügner« heißt es: »Wenn wir uns bewußt würden, was für eine scheußliche und ernste Sache das Lügen ist, würden wir mit Feuer und Schwert dagegen vorgehen, mit mehr Recht als gegen andere Untaten. Ich finde es recht unangebracht, daß man Kinder gewöhnlich wegen harmloser Kleinigkeiten bestraft und ihnen Leichtfertigkeiten schwer anrechnet, die keine Spuren hinterlassen und keine Folgen haben. Den Hang zum Lügen und, etwas weniger bedenklich, die Dickköpfigkeit, halte ich für die beiden einzigen Anlagen, die man energisch bekämpfen muß, schon wenn sie sich zuerst zeigen, und dann, wenn sie überhandnehmen.«

Ich stehe am Abend im Klassenzimmer. Alle sind gegangen, es ist Pause oder das Ende des Schultages. Ich stehe hinter dem Katheter, drehe mich zur schwarzen Tafel und schreibe mit weißer Kreide über die ganze Breite STEHEN LASSEN! Ich versuche, gerade zu schreiben, aber die Sätze sind schief, die Sätze verdrehen sich, die Sätze kippen zur Seite, brechen auseinander. Die Sätze fallen vornüber, rinnen in weißen Pfützen über die Tafel. Ich stehe hinter dem Pult, an der Tafel, verspreche festzuhalten, was mir entgleitet, etwas zu schreiben, was einst Bestand haben wird. Ich verspreche, es zu versuchen, zu scheitern und wieder zu versuchen, aber in der Tür steht der Lehrer und der Lehrer sagt: Du kannst nur Lügen weitergeben. Denn meine Wörter sind hässlich, was ich geschrieben habe, ist gelogen. Mit langsamen Schritten kommt der Lehrer zu mir, sagt mit ruhiger Stimme: Lüge kann die Wahrheit nie ersetzen, das Geschriebene spottet der Intention. Die Intention ist unersetzlich, die Literatur banal. Was hat sie versucht, sie, die da im Klassenzimmer steht? Sie hatte die Kreide, und sie hatte die ganze Tafel für sich, alle waren schon gegangen.

Jetzt ist das alles lange her und ist wie nie geschehen. Reste des Erlebten befinden sich noch in einem abgeschlossenen Raum, der sich an manchen Tagen dennoch aufschließt. Die Erinnerung liegt irgendwo zwischen der Lüge, dem Gewissen und dem, was der Berg auf der anderen Fjordseite bezeugt. Wie alle loyalen Zeugen schweigt er. An manchen Tagen ist es, als beuge sich der Berg zu Hause, am Ende des Tals, auf der anderen Fjordseite, über mich und drücke mich hinunter, auf den Schreibtisch, auf den Fußboden, auf die ewig ungemähte Wiese. Der Berg ist der Schatten über mir, der Schatten, von dem ich mich mithilfe aller verfügbaren Alltagsroutinen und Trivialitäten möglichst weit wegrede. Der BLUE WATER-Truck verlässt Bergen, fährt zum Kvamskogen hoch, über den Hardangerfjord in Richtung Odda, erreicht bald den Seljestadfjell und sagt dabei etwa, was Fernando Pessoa in *Das Buch der Unruhe* schreibt: »Ja, man verspürt nichts. Man geht bewußt an der Tür vorüber, durch die man treten sollte, man geht wie im Schlaf und vermag dem Körper keine andere Richtung zu geben. Man geht an allem vorbei.«

Es ist Herbst 2003. Mein Vater ist krank, es geht dem Ende zu. Ich fahre mit dem Haukeliekspressen von Bergen nach Hause, noch steht Fabrikrauch über dem Kessel von Odda. Die Lichter einer Fabrik, die den Betrieb reduziert hat, laufen als Strichcode in den Fjord, ich denke an den Sohn in *Sing mich in den Schlaf*, der von der Post entlassen wurde, weil er keine Uniform tragen wollte. Die Mutter ging direkt zum Postvorsteher und erreichte, dass er den Sohn wieder einstellte. Zwei Wochen später kündigte der Sohn von sich aus. Ich betrachte die leuchtenden Strichcodes, sie bezeugen, dass die Fabrik und der Fjord Waren sind, sie werden an der großen Registrierkasse eingescannt, die früher oder später ausspuckt, welchen Wert diese Industrie als Idyll haben wird. Ich ignoriere alle Codes dieses und aller weiteren Tage, und mir kommt, während ich mich durch das hübsch-hässliche, erleuchtete Freitags-Odda fahren lasse, wo der BLUE WATER-Truck vorbeifährt, der Gedanke, dass es ein Schreiben geben muss, das die Wahrheit umformen kann. Da, wo die Lichtmasten und Strichcodes enden, werde ich aus dem Bus steigen und niemals auf die andere Seite kommen, aber all das ist lange her und gehört daher in gewisser Weise zu einer anderen Zeit. Ich ging an der Tür vorbei, weil ich das Zimmer, in dem mein Vater abgemagert und krank lag, nicht betreten konnte. Ich schlief nicht, aber wachte auch nicht. Aufrecht und stehend durchstreife ich dieses Vakuum, hoffe, dass jemand, irgendjemand, den Deckel durchstoßen oder öffnen wird, sodass ich früher oder später vielleicht eine Art BLUE WATER-Gleichgewicht finden, darin auspendeln kann. Denn die, die ich bin, ist nicht die, die ich sein möchte. Was ich schreibe, ist nicht das, was ich schreiben möchte. Darum bin ich Lehrerin. Eine Lehrerin, die andere im Schreiben unterrichten soll. Das Leben ist so lächerlich, als liefe man in einem geteerten Silo fortwährend im Kreis herum, aber wenn alle, die sterben, nicht mehr in einem wären, wäre die Welt arm.

Wenn, wie mein Vater sagte, kein Mensch unersetzlich ist, hat der Mensch keinen Eigenwert. Ich glaube nicht, dass mein Vater wirklich meinte, was er sagte. Ich glaube, er sagte das Gegenteil von dem, was er dachte, weil er über all das trauerte, was er nicht mehr miterleben würde: Konfirmation, Hochzeit, Enkelkinder, Taufe. Dass es ihn mit Trauer erfüllte, mitten im Leben seine Frau und seine Kinder zu verlassen. Was würde aus dem Hof und dem Betrieb werden? Wäre jetzt damit Schluss oder würde eine neue Generation den Hof weiterführen? Ich bin die älteste Tochter und wohne in Oslo, in zehn Jahren bin ich so alt, wie er geworden ist. Nein. Ich ertrage es nicht, durch diese Tür zu treten. Ich gehe an allem vorbei, was war, denn was war und wie wir es erlebten, als es noch war, ist fort.

IV

IN DIESEM SOMMER lese ich, dass ein dänischer Erfinder und eine schwedische Journalistin in einem selbst gebauten U-Boot vermisst werden. Ich gehe durch die Wohnung und suche meinen Ehering. Wenig später wird der Erfinder wohlbehalten gefunden, die schwedische Journalistin bleibt vermisst. Ich habe den Ring vor zwei Tagen abgelegt, suche unter dem Bett, auf dem Nachttisch, zwischen den Sofakissen und auf dem ehemaligen Wickeltisch, auf dem sich jetzt angeschmuddelte und saubere Kleidung von drei Kindern und zwei Erwachsenen türmt. Der dänische Erfinder sagt, er habe die schwedische Journalistin abends um halb elf an Land abgesetzt, aber die Überwachungskameras im Hafen zeigen nichts. Es vergehen siebeneinhalb Tage. Ich koche abends für meinen Mann und, als ich Wein einschenke, sage ich es endlich: Ich weiß nicht, wo mein Ehering ist. Das Gesicht meines Mannes verdunkelt sich, aber bevor es sich völlig verschließt, beginne ich, zum ersten Mal, ausgerechnet von meinem Sommer mit Frank zu erzählen.

Oder wie soll ich das nennen? Eine Atempause, bevor sich die Tür hinter einer Kindheit langsam schloss? Eine Geschichte über das Erwachsenwerden, darüber, ein Land zu betreten, in dem die dir vertrauten Regeln nicht gelten? Diese Zeit ist wie ein weit entferntes Land, wo Zeit nicht gilt. Dieser Ort ist wie ein versiegeltes und versunkenes *Unterland* in einer obskuren Unterwasserwelt. Ich will auf der Oberfläche treiben. Ich will lange, ruhige Schwimmzüge machen, denn ich kenne das Gefühl, ungewollt mit dem Kopf unter Wasser zu geraten. Ich weiß, wie es ist, in der Überzeugung unten zu sein, dass man dort sein muss, in der dunklen Kälte und dem Zwischenreich der Unterwasserwelt, mit Strömungen, die ins Unbekannte und Unreglementierte führen. Ich erinnere mich, wie ich zu hoffen und beten begann, dass es eine Leiter geben möge, die mich zur sogenannten Oberfläche der Normalität zurück- und hinaufbringen würde. Ist das der Moment, wo man sich dabei ertappt, ein selbstgeschaffenes Idealbild der Jugend hochzuhalten? Ich weiß es nicht. Alles geht so langsam, aber auch so schnell. Es war eine erwachsene Welt. Ich war neugierig, aber wenn eine dem Licht zustrebt, wird sie sich früher oder später die Flügel verbrennen. Nein, sage ich. Ich bin weder ein Schmetterling noch ein anderes Insekt. Nein, ich erinnere mich nicht. Das meine ich ganz konkret. Es ist so lange her, sage ich zu meinem Mann.

Am nächsten Tag schläft mein Mann lange. Es ist Samstag. Unsere Tochter guckt Kinderfernsehen und isst Heidelbeeren. An der Arbeitsplatte in der Küche esse ich ein Knäckebrot mit Leberwurst und Gurke. Die Gurke hat, in durchsichtiges Plastik verpackt, mit Tomaten auf einem Teller gelegen. Das Wasser in der Gurke schmeckt nach Tran. Draußen ist es sonnig. Im Hinterhof schaukeln schon ein paar Nachbarskinder. Jetzt bin ich erwachsen, aber als ich ein Kind war, redete ich wie ein Kind, dachte wie ein Kind und urteilte wie ein Kind, und als ich zur Frau wurde, tat ich ab, was kindisch war. Oder nein, das ist nicht wahr, aber im letzten Jahr, nein, in den letzten drei Jahren habe ich angefangen, rückwärts zu träumen. Morgens werde ich davon wach, dass ich nach Erklärungen oder Gnade rufe. Ich war fünfzehn Jahre alt, du warst fünfundvierzig oder siebenundvierzig. Wir sind abends und nachts zusammen. Ich radele gegen fünf oder sechs zu deinem Haus, schließe das Fahrrad am Treppengeländer an und klingele. Du lässt mich ein. So ist jeder Tag in diesem Sommer. Im Jahr davor hatte ich einen Sommerjob bei der Gemeinde, ich mähte Rasen und Fußballplätze, beschnitt Hecken und kleine Büsche am Straßenrand. Kommunale Grünflächen. Mir gefiel es, und als sie mich fragten, nahm ich den Job auch für diesen Sommer an. Systematische Routinearbeiten, bei denen ich Ergebnisse sehe, haben mir immer gefallen.

Du warst anders. Wir trafen uns im Laden, du drücktest prüfend ein paar Tomaten und sagtest, du liebe Güte, Gemüse ist wirklich teuer. Ich lachte, wir kamen ins Gespräch. Du fragtest, ob ich mit dir zu Abend essen wolle, wenn du kochtest. Ja, sagte ich, und fand dich amüsant und direkt. Alle Türen standen weit offen. Du hast mich hart gefickt, bis ich kam, zärtlich, bevor ich am Morgen nach Hause radelte. Auf dem Hügel zu deinem Haus stand die Wärme wie eine Wand. Es war heiß wie in einem Vakuum. Bin ich wirklich irgendwann gekommen? Du wolltest meine ästhetische Schönheit studieren, sagtest du, und batest mich, den BH auszuziehen. Ich saß auf dem Ledersofa, ein Bein über der Armlehne, das andere auf der Rückenlehne, ohne BH, ein großes Glas Bacardi in der Hand. Rum, Cola und Eiswürfel, durch den eisigen Zug aus dem offenen Glas zogen sich die Brüste zusammen und wurden noch kleiner. Ich werde mich nie an dir sattsehen, sagtest du, und bliest Rauchringe zum Kronleuchter über dem Wohnzimmertisch.

Die Gardinen sind zugezogen. Du legst eine CD ein. Wir trinken jeden Abend Wein, du sprichst über deinen Sohn. Betrunken zu sein, ist bald nicht mehr unangenehm, so kann ich mit dir und der Situation besser umgehen. Ich fühle mich schön, bis du mich vom Sofa hochziehst und meinen Kopf zu deinem Schritt drückst. Du wirst immer besser, sagst du und bittest mich, die Lippen zusammenzupressen, während du meine Haare zu einem Pferdeschwanz fasst. Du trägst Jogginghosen, schwarz und grau, hip-hop-artig, die weißen Tennissocken sind über die Hose gezogen. Dein Bauch drückt an mein Gesicht, ich bekomme nur schwer Luft, die schwarzen, steifen Haare am Nabel kitzeln mich in der Nase. Du lässt mein Haar los. Ich schaue zu dir hoch. Du ähnelst einem Kind mit zu dünnem Haar.

Deine HiFi-Anlage ist gewaltig. Die Lautsprecher stehen in den Ecken des Wohnzimmers, später schiebst du sie neben den Fernseher. In dieser Nacht träume ich, dass du mich über einen Abgrund stößt, eine steile Felswand. Wir gehen über eine Lichtung im Wald auf den Horizont zu. Du bittest mich zu entspannen, tief zu atmen, sagst, wenn ich unbedingt in den Abgrund blicken wolle, solle ich schlucken und noch einmal tief durchatmen. Hinter dem Wald stehen wir am äußersten Rand eines Abhangs. Schöne Blumen wachsen da, Roter Fingerhut, Butterblumen, Ringelblumen. Schmetterlinge fliegen über der Felswand auf, flattern wild über den ausgetrockneten oder verschmutzten See weit unten. Ich bin glücklich, du siehst glücklich aus. Es ist Nachmittag, wir wissen beide, dass der Weg bald im Dunkeln liegen wird. Weder du noch ich haben Brotkrümel oder weiße Steine gestreut, aber hinter uns steht ein Engel mit einer großen Schleife am Gewand. Er hat große Flügel und hält mit beiden Händen das Schwert über unsere Köpfe. Das weiße Licht auf deinem Nacken. Der Atem, als du sagst, du seist nicht mehr in der Lage, einen Menschen zu lieben. Dass alles in dir zersprungen sei, kaputt. Das Weinglas im Bücherregal, aus dem du gierig trinkst, nachdem du den Namen deiner früheren Lebensgefährtin gerufen hast und bevor du dich an mich, in mich drängst.

Du hebst mich hoch und schiebst mich gegen das Bücherregal. Ich sehe dich an, sehe auf dem Regal das gerahmte Bild deines Sohnes. Es war zu Beginn des Sommers auf einem der ersten Campingplätze entstanden, auf denen wir übernachteten. Wo waren meine Eltern damals? Niemand verbot mir irgendetwas, also stand die Sonne hoch über dem Tal meiner Kindheit. Dein Sohn sitzt am Tisch in einem weißen Hemd, das ich gewaschen hatte, wenig später bekam es Ketchup-Flecken, weil er sich Pommes frites in die Nase steckte. Wir machen Campingurlaub. Kilpisjärvi, Karesuando und Kiruna. Es ist hell. Mitternachtssonne. Du hältst deinen Sohn an der Hand. Du hast seit Mittag getrunken, und als du ihn in den Campingwagen bringst, stolperst du auf der Treppe. Morgen geht die Reise weiter. Kirkenes. Svanvik. Grense Jakobselv. Bist du tough genug, im arktischen Meer zu schwimmen? Vergiss deinen Badeanzug nicht, hast du zu mir gesagt. Wütend trittst du den weißen Clog in ein störendes Vorzelt, dann knallst du die Wagentür zu. Drinnen ist es still, nur der schwache Schein der Solarzellenlampe und ein Schatten am Fenster, als du dich vom Bett erhebst und auf den Tisch stützt.

Hier oben geht die Sonne nie unter. Die Möbel, die Bilder, der Fernseher, die Regale, der Tisch, das Wohnzimmer sind erleuchtet und verdunkelt zugleich. Haben uns die Nachbarn früher am Abend gehört? Das Fenster stand offen, ich schrie laut, als ich tat als ob. Bist du gekommen? Ich antwortete nicht, denn ich wollte nicht nachdenken, nur in das nächste Lied hineintanzen. Die Gardinen flattern aus dem Zimmer, ich denke nur, dass es doch irgendeine Art geben müsste, auf die du mich lieben kannst. Müsste es nicht eine Sprache geben, die du noch nie gehört hast, die wir zwei lernen können, sodass wir, nach einer Weile, vielleicht tatsächlich ein Paar werden könnten?

Ferien mit dem Auto und dem Wohnwagen am Fluss entlang, Licht auf Seen hinter Wäldern. Fische, die wir angelten, ausnahmen und auf den Grill legten. Dein Sohn auf dem Rücksitz, du sprachst über das Erz aus den Gruben, Nickelerz, das mit der Eisenbahn zum Schmelzwerk gebracht wurde. Der Blick auf die Fabrikschlote, deren Rauchwolken hinter unserem Auto aufstiegen. Die toten Bäume. Schwefeldioxid und Schwermetall. Schwefel, brennender Schwefel, tonnenweise farbloses Gas, leicht in Luft und Wasser lösbar. Poljarnyj, Nikel, immer weiter ins Land hinein, schließlich nach Montschegorsk, wo das Nickel verarbeitet wird. Der Regen auf dem Wohnwagen, die Tautropfen auf dem Spiegel, wo wir übernachteten.

Der Sommer mit Frank, trage ich ihn noch in mir? Den Sommer und auch ihn? Gelbe Blätter wehen vom Baum im Hinterhof, eines landet auf dem Klappstuhl auf unserem Balkon. Ein paar Tage später ist es braun und lässt sich nur schwer als Ganzes abheben. Ich knülle es zusammen und werfe die feuchten Reste in die Blumenkästen. Gibt es wirklich Worte, die zusammenfassen? Du sprachst mit mir in einer Stimme, der ich nachgab, daher weigere ich mich, mich an dein Gesicht, deinen Atem, deine Stirn mit dem dünnen Haaransatz zu erinnern, von dem Schweißperlen tropften. Dein Haar war fein. Die Lippen schmal. Die Hände klein, Zeige- und Mittelfinger der linken Hand gelb vom Rauch der Selbstgedrehten. Ich höre keine Musik mehr. Ertrage weder Jazz noch Klassik. Ich kann mich weder an deinen Sohn erinnern noch an dich. Jedes Mal, wenn du zum Weinladen gingst, bekam er etwas Neues aus dem Spielzeugladen. Jede Erinnerung an dich zieht mich runter. Ich falle und versinke, es gibt kein Ende, ich will mich an nichts von alldem erinnern.

Ich gehe durch die Wohnung und suche meinen Ehering. Der Ring ist zu eng, darum nehme ich ihn ständig ab. Wenn ich schreibe und bevor ich zu Bett gehe, ziehe ich den Ring ab und lege ihn auf den Nachttisch. Manchmal kommt es mir vor, als sei der Finger nicht mehr durchblutet. Der Ring hätte schon lange geweitet werden müssen. Ich suche im Bad, hinter dem Waschbecken. Denke an das Frühjahr, als der neu gewählte Präsident Wladimir Putin zum ersten Mal über den roten Läufer im Kreml ging. Er ist wohl weder besser noch schlechter als die anderen Herrscher, die Russland gehabt hat, sagte unser Nachbar im Tal. Das war im August.

Ich stehe im Silo. Unter dem Scheunendach ist es feuchtwarm, gestern Abend wurde der Silodruck abgelassen, und am Grund der Barentssee liegt das Atom-U-Boot Kursk. Die Luft für die hundertachtzehn Seeleute wird knapp. Ich sah zu, wie das Wasser langsam aufgesaugt wurde. Der Schlauch hing über der Auffahrt, kreuzte den Traktorweg, saugte weit oben auf der Wiese die Flüssigkeit an. Sie sind jetzt alle gefangen, die ganze Mannschaft. Das Wasser versickerte im Silo, ich hörte die Schritte hinter mir nicht, plötzlich war der Nachbar da und beugte sich neben mir über den Silorand. Ich weiß nicht, ob er es nur vor sich hin sagte oder zu mir, jedenfalls lehnte er sich über den Rand und über die Lachen, die unten in der Presse zurückgeblieben waren: Noch das kleinste Steinchen kann das dünne weiße Plastik aufschlitzen. Dann drehte er sich um und sagte, ja, das mit diesem russischen U-Boot ist furchtbar.

Wie lange kann man unter Wasser bleiben, bevor die Rückkehr an die Oberfläche unmöglich ist? Als abends die Fuhre Futter eingeebnet war, radelte ich in die Berge. Ich bewältigte alle Steigungen, trat jedes Mal mit viel Druck in die Pedale, irgendwann musste ich pausieren, um zu Atem zu kommen. Ich stellte den rechten Fuß auf die verbeulte Leitplanke, balancierte mich und das Fahrrad aus, bis ich stabil stand. Ich blickte über den Straßenrand hinunter auf das Geröll, das seit der Sprengung für diese Straße völlig unverändert dalag. Ich sah den alten

Schotterweg, in der Kurve, halb im Gebüsch, stand das Lastwagenwrack. Die Motorhaube hatte ein Loch, Windschutzscheibe und Spiegel waren zerbrochen. Der Edelstahl blinkte, der Kühlergrill glich einem auseinandergezogenen Akkordeon, darin wippte ein Vogelnest, ohne Junge und ohne Eier. Ich stieß mich von der Leitplanke ab, erinnerte mich daran, was Frank gesagt hatte: dass ich zu jung sei. Dass das Fenster offen stand, die Gardinen erst ins Zimmer und dann wieder hinausflatterten. Dass alles hell war, dass ich jetzt nichts war.

In der geschlossenen Stadt Widjajewo kursieren seit Tagen Gerüchte, aber im Hauptquartier ist es still, als wäre nichts geschehen. Neuigkeiten über das U-Boot erfahren die Angehörigen nur aus dem Fernsehen. Die Leiter der russischen Marine sagen, man habe Klopfgeräusche aufgefangen. Die Mannschaft befinde sich zwischen Norwegen und Murmansk, sie sei in Sicherheit, sie schicke vom Meeresgrund SOS Signale, aber es eile. Jetzt gehe es um Zeit und Wege. Der Oberkommandierende der Streitkräfte in Nordnorwegen nimmt Kontakt mit dem Chef der russischen Nordflotte auf, von U-Boot-Mann zu U-Boot-Mann. Er bietet Hilfe an, aber die Russen lehnen höflich ab, sie hätten alles unter Kontrolle. Es folgen Erklärungen und Beschönigungen über starke Strömungen, trübes Wasser und schlechtes Wetter. Putin macht Urlaub am Schwarzen Meer. Ein weiterer Tag vergeht, noch einer und noch einer. Mit jeder Verzögerung rückt die Stunde des Todes näher. Was geschieht? Gibt es da unten noch Leben? Gibt es noch Hoffnung? Am fünften Tag lässt sich ein sonnengebräunter Putin am Schwarzen Meer interviewen, er trägt ein helles, kurzärmliges Hemd. Am siebten Tag fliegt er nach Moskau zurück. Zehn Tage vergehen, bevor Putin ein Flugzeug besteigt, das ihn nach Murmansk und weiter zur Ura-Bucht und Widjajewo bringt.

So soll es nicht sein. Das kommt nie mehr vor, sagte Frank und deckte einen üppigen Frühstückstisch. Wir sollten weiterfahren, weiter nach Norden. Wir brauchen jetzt Urlaub. So sagte er das. Es ist wahr. Ich war achtzehn Jahre alt. Es war ein recht langes Verhältnis, aber konnte es nicht auch Liebe sein? Frank servierte zum Frühstück Fischklopse, Gurken, frische Brotscheiben. Er briet Eier und Speck. Mir ist schlecht. Ich nehme die gelbe Fernbedienung, setze mich auf die Hebekralle, drücke den Knopf und ziehe mich langsam hoch. Das Silo ist acht Meter hoch, auf halber Höhe fährt mir die Ameisensäure in die Nase. Wenn das Atmen schwierig wird, stellst du die Heugabel an die Wand, gehst zur Leiter und kletterst hoch! Meine Schwester und mein Bruder drehten im Silo in hohen Stiefeln ewige Kreise von innen nach außen. Wir ebneten die Fuhre. Wir traten das Gras fest. Wir sprühten mit dem Schlauch Ameisensäure auf das Gras, bis jede Pflanzenzelle feucht war. Es roch sauer, aber oben auf der Zufahrt spielte das Radio Musik für uns, die wir da unten arbeiteten.

Ich springe von der Kralle, fahre sie ans Ende der Spur. Es ist Sommer, es dauert noch lange, bis die Schule wieder beginnt. Draußen sind es fünfundzwanzig Grad. Unter dem Schuppendach, unten im Silo: Vakuumgleiches Treibhausgas. Ich schaffe es hinaus auf die Auffahrt, wo ich mich übergebe. Dann richte ich mich auf, wische mir den Mund ab und schlucke. Auf der anderen Seite des Zaunes macht der Nachbar mit der Mähmaschine gute Fortschritte. Ich hebe grüßend die Hand, der Nachbar nickt zurück. Der Nachbar hat beide Hände auf der Lenkstange. Es ist steil, es ist schwer. Das Gras kommt unter das Mähmesser, die Klingen gehen vor und zurück. Klee und Lieschgras. Der Nachbar mäht den Schwad zu Ende, rollt die Mähmaschine nach unten und mäht den nächsten Schwad. Darum geht es: Den Mäher hochschieben, den Mäher nach unten rollen. Wieder hoch und von vorne: Gras. Trespen und Straußgräser. Gras über Gras, Gras unter Gras. Gras unter der Silopresse und viele Liter Wasser. Und wie in einem Film, wie auf Bildern eines Albums, an das ich mich nicht erinnern möchte, sehe ich Frank und das Nordpolarmeer. Es war kalt, wir gingen dennoch ins Wasser und schwammen ein paar Züge, sein Sohn und ich. Frank blieb an Land und passte auf die Handtücher auf, wie er sagte, und als wir rauskamen, flüsterte er mir ins Ohr, du bist mein und ziemlich radioaktiv.

Leben sie? Haben sie noch Luft? Liegen sie jetzt da unten, reg- und sprachlos, während das Wasser im U-Boot steigt?

Können sie tun, was man sie gelehrt hat? Ruhig atmen, wenn die Temperatur sinkt? Wenn der Strom und mit ihm das Licht ausfällt und niemand mehr als unbedingt nötig sagt, um Kräfte und Sauerstoff zu sparen? Dreimal kurz. Dreimal lang. Dreimal kurz. SOS.

Warten auf Lebenszeichen. Warten auf Klopfsignale von der Mannschaft im Inneren des U-Boots. Warten auf Antwort von höchster Stelle, wenn jede einzelne Frage auf Stille vom Meeresgrund trifft. Nachts träume ich, dass die Mannschaft aus dem U-Boot kommt, durch die Luke, sie steigen vom Grund des Meeres auf wie Säuglinge. Mit aufgeblähten Lungen und ohne Uniform gehen sie an Land, stehen im Nebel auf der Schwelle zum Treppenhaus eines Wohnblocks. Jeder ihrer Schritte hinterlässt eine kleine Pfütze.

Die Zusammenkunft im Haus der Offiziere von Widjajewo wurde von internationalen Fernsehsendern übertragen, und so konnte die Welt miterleben, wie die Hoffnung, mit der Nadeschda Tylik neun Tage und Nächte auf ein Wiedersehen mit ihrem Sohn Sergei gewartet hatte, in flammende Verzweiflung umschlug. Sie sprang auf und schrie den Flottenchef und Admiral an: Ich sage es, damit es die ganze Welt hören kann. Jetzt ist es genug, ihr Arschlöcher! Wie lange werdet ihr so weitermachen? Für fünfzig, siebzig Dollar im Monat sitzen sie da unten im Dunkeln. Warum tut Russland das seinen Kindern an?

Haben Sie Kinder? Sie haben wahrscheinlich keine Kinder. Sie verstehen nichts, Sie haben den Bezug zur Wirklichkeit verloren! Wir haben hier keine normalen Lebensbedingungen. Mein Mann hat fünfundzwanzig Jahre bei der Flotte gedient! Wofür? Dafür, dass mein Sohn jetzt da unten begraben wird? Reißt euch die Generalssterne ab! Am besten erschießt ihr euch! Ich werde euch nie vergeben.

Während sie zwischen den Angehörigen in den Bankreihen ihre Verzweiflung herausschreit, macht eine Krankenschwester hinter ihrem Rücken eine Spritze fertig. Die Spritze mit dem Schlafmittel ist mehrere Zentimeter lang, das Mantelfutter ist kein Problem. Wir haben es im Fernsehen gesehen, jetzt ist es auf YouTube: Nadeschda Tylik bekommt eine Spritze in den Rücken, die Krankenschwester verschwindet, Tylik sackt zusammen, fällt einem Flottenoffizier in den Arm und wird hinausgetragen. Als Putin endlich ins Offiziershaus der geschlossenen Marinestadt kommt, trägt er einen schwarzen Anzug und ein schwarzes Hemd. Später am Abend, in den Nachrichten, sehen wir den Präsidenten in einen Wohnblock gehen, in einen Aufgang mit kaputtem Geländer, um die Ehefrau des Kursk-Kommandanten zu Hause zu besuchen. Vor einer Mauer, auf einem Bürgersteig am Murmansker Bahnhof, wohin inzwischen Angehörige aus dem ganzen Land strömen, stehen zwei Schwestern, sie umarmen einander und weinen. Ihre Mutter, vielleicht ist es ihre Tante, weist sie scharf zurecht, fährt sie fast keifend an: Wir werden weiterleben, verbergt eure Tränen! Das Leben liegt vor uns. Das Leben ist hart. Als zwei Matrosen aus einem wartenden Auto steigen, um ihnen mit dem Gepäck zu helfen, weinen sie trotzdem noch.

Der Nebel ist dicht, die Wolkendecke niedrig, über dem Fjord hängen dunkle Schatten und ein giftiger Regen, aber die Menschen, die hier auf der Kola-Halbinsel wohnen, achtzig Kilometer von der norwegischen Grenze, in Widjajewo, dem Heimathafen der Kursk, lassen sich nicht beirren. Vom U-Boot-Leben heißt es, sicher an dieser Arbeit sei nur, dass sie unsicher ist. Früher hieß die Stadt Uriza, wie der Fluss, aber 1964 wurde sie in Widjajewo umbenannt. Ich klicke auf Airbnb-Wohnungen, die im Oblast Murmansk vermietet werden, sie liegen in vierstöckigen Wohnblöcken, die jetzt blau und rosafarben sind, aber damals, vor achtzehn Jahren, hatten sie Risse, blätternden Putz, zerbrochene Fensterscheiben. Widjajewo ist für die Außenwelt immer noch gesperrt. Die geschlossenen Siedlungen der Sowjetunion entstanden im Zweiten Weltkrieg. Es begann mit sensiblen Militär-, Industrie- oder Forschungsanlagen wie Waffenfabriken oder Orten für Atomforschung, einige Grenzstädte wurden aus Sicherheitsgründen geschlossen. Die Wohnblöcke wurden in Zwangsarbeit von Einheimischen und von Gefangenen aus Stalins Lagern gebaut. Noch heute gibt es offiziell zweiundvierzig geschlossene Städte in Russland, in denen insgesamt 1,5 Millionen Menschen leben. Es soll fünfzehn weitere geschlossene Städte geben, doch da die russische Regierungsmacht deren Name oder Lage nicht bestätigt, sind sie auf keiner Karte zu finden. Die Zeit scheint seit der Stalin-Ära stillzustehen, es ist, als gelte immer noch die alte Regel: Wenn du es Stalin nicht sagen würdest, sag es keinem.

Widjajewo wurde nach Fjodor Widjajew benannt, einem U-Boot-Helden des Zweiten Weltkriegs. Die Stadt ist voller Mahnmale, aber es gibt auch ein Sport- und Erholungszentrum namens Fregat, eine Badelandschaft mit Rutschen, Whirlpool und Massageduschen, das Hotel Uriza, eine Poliklinik, eine Apotheke, einen Kindergarten, eine Bibliothek, einen Laden und das Offiziershaus. 2003 wurde am höchsten Punkt der Stadt zur Erinnerung an die toten Seeleute ein Kreuz errichtet. Etwas weiter unten steht eine hohe schwarze Stele mit den Namen der toten Besatzungsmitglieder der Kursk. Mitten in der Stadt liegt die blauweiße Sankt Niklas-Kapelle, sie wurde im Jahr 2000 nach dem Unglück in Blockbauweise errichtet, am Altar brennt das »lower dome emergency light from the ninth compartment of the nuclear cruiser«. Das Licht kann nicht gelöscht werden und brennt zum ewigen Gedenken an die U-Boot-Mannschaft. Unten, direkt am Fjord und nahe dem U-Boot-Hafen, wo die Kursk einmal lag, steht eine Kapelle, die Ähnlichkeit mit einer Stabkirche hat.

Ich betrachte das Foto eines Wohnblocks in Widjajewo und denke, dass die Toten uns ebenso sehr brauchen wie wir die Lebenden. Es ist später Nachmittag, die Wolken gleiten über eine schneebedeckte Straße. Vor einem Aufgang steht ein Mädchen mit einem Schlüssel um den Hals, eine Hand ausgestreckt. Der Schnee fällt auf die Innenseite ihres Fäustlings, sie schließt die Hand, macht einen Schneeball, wirft ihn in Richtung Straße und eines Schneewalls. Sie geht weiter, unter einer Dachrinne, am Regenrohr des Wohnblocks, bricht sie einen Eiszapfen ab. Der Zapfen ist ein Kristall. Das Mädchen nimmt den Kristall mit, geht im Treppenhaus hinauf bis zu der Tür, wo sie und ihre Mutter wohnen, schließt auf. Zieht Jacke, Mütze und Fäustlinge aus. Sie setzt sich auf das Sofa, der Kristall taut in ihrer Hand und tropft auf den Teppich. Salzige Tropfen tauen in der Hand, werden zu Wasser und Pfützen auf dem Fußboden und dem Teppich, die Mutter kommt nach Hause und wischt sie mit der Frage auf: Hast du dich eingepinkelt? Die Mutter versteht nicht, es blinkt, draußen wandelt sich das Nordlicht von gelb zu blau, dann von grün zu rosa. Die Tochter geht in das gemeinsame Schlafzimmer. Und da, unter der Matratze, unter dem Kopfkissen der Mutter, findet die Tochter das Tagebuch, das der Vater geschrieben hat. Warum hat mir die Mutter das nie gezeigt, denkt sie und schlägt das Tagebuch auf, in dem steht: Wir wohnen in Widjajewo. Wir haben eine Tochter bekommen. Sie ist vollkommen, bald ein Jahr alt und weiß nicht, was ein U-Boot ist.

In dem Dokumentarfilm *Kursk – Die Tragödie in der Barentssee* sagt Olga Kolesnikow: Wir haben gehofft. Und haben bis zum Schluss gehofft. Haben ausgerechnet, wie lang der Sauerstoff reicht, bevor sie die Notluke überprüften, ob Wasser eindrang. Wir haben nicht gelebt. In dieser Woche stand die Welt still. Wir wussten, wen wir geheiratet hatten, was unsere Männer riskierten. Sie hatten einen gefährlichen Beruf. Wir wussten, dass wir ihre Liebe mit dem Meer und dem U-Boot teilten. Sie vergötterten das U-Boot. Sie liebten die Kursk nicht nur, sie vergötterten sie. Wir haben nie gedacht, dass mit ihr etwas schiefgehen könnte.

Nadeschda Tylik berichtet, ihr Schreien sei unnötig gewesen, doch ihr Verhalten im Offiziershaus sei ein Schrei aus der Seele gewesen. Jetzt bereue ich, sagt sie. Ich bereue, was ich nicht getan habe. Die Hysterie und das Schreien waren unnötig. Ich hätte nach vorn gehen und Kurojedow alle Abzeichen von der Uniform reißen sollen. Jetzt will ich wissen, was die Taucher da unten gesehen haben. Ich habe den brennenden Wunsch, das zu erfahren, auch wenn es schmerzen wird. Die Tradition will, dass ertrunkene Seeleute dem Meer geschenkt werden. Ich weiß das, aber Sergej soll in Erde bestattet werden. Ich möchte ein Grab haben, zu dem ich gehen kann. Und ich denke, falls von ihm nichts mehr da sein sollte, könnten wir Wasser von der Unglücksstelle in eine Urne füllen, damit wir ein christliches Grab haben.

Weiße Nacht, schwarze Nacht, leere Seiten eines ungeschriebenen Tagebuchs über die Schwere des Körpers, den Weg des Atems durch hervorschießendes Wasser, explosive Kraft, unter der Oberfläche, eingeschlossen. Der Puls hier unten, im Boot, unter Wasser. Der Druck innen, der Druck außen, ist das messbar? Welchen Wert hat ein Körper? Was bedeuten Hunderte von Menschenleben, wenn die nationale Ehre auf dem Spiel steht? Irgendjemand muss doch wissen, wozu all dieses sinnlose Leiden dienen soll?

»Die Seele ist die einsamste Mutter der Welt. Denn sie gebärt viele Wörter und stirbt allein. Wörter sind nicht einmal traurig, wenn die Seele stirbt. Sie muss ganz allein ohne Sprache sterben. Die Einsamkeit ist die Mutter der Seele. Wenn ein Mensch einsam ist, fängt er bald an, Selbstgespräche zu führen. Dabei denkt er sich eine Figur aus, die ihm immer zuhört. Diese Figur bezeichnet man wahrscheinlich als Seele. Die Mutter ist die Seele der Einsamkeit«, schreibt die japanische Schriftstellerin Yoko Tawada.

Die Witwe Nadeschda Tylik ist stockgerade, schmal, fast mager, sie trägt einen weiten Wollpullover. Sie sitzt im Wohnzimmer auf dem Sofa und zeigt ein vergrößertes Foto des U-Boots und eines von ihrem Mann in Uniform. Ihre Tochter lächelt, deutet auf das Bild und sagt Papa, Papa. Sie erkennt ihn wieder, sagt die Mutter. Es klingelt an der Tür, es ist Olga, die Witwe des Kapitänleutnants.

Sie spricht langsam, bewegt sich wie im Schlaf. Sie setzt sich auf das Sofa, umfasst den Schmuck, den sie um den Hals trägt, sagt, hier stehen seine Dienstnummer, sein Name, Dmitrij Kolesnikow, seine Blutgruppe, und dass er orthodoxer Christ ist. Dies ist sein Kreuz. Als er das letzte Mal an Bord ging, hat er das alles zurückgelassen. Ich weiß nicht, warum.

In seinem Buch *Putin og jeg. Russlands vei fra håp til håpløshet* (Putin und ich. Russlands Weg von Hoffnung zu Hoffnungslosigkeit) beschreibt Øystein Bogen seine Begegnung mit der Witwe Olga Kolesnikow, die kurz vor Weihnachten 2000 in St. Petersburg stattfand. Als Olga Ende dreißig war, unterrichtete sie dort an einer Oberschule Biologie. Sie trauerte über den Tod eines Kindes aus einer früheren Beziehung, das stark behindert zur Welt gekommen war. Auf sich gestellt, ohne Unterstützung des krisengeschüttelten öffentlichen Gesundheitswesens, machte die alleinerziehende Mutter schwere Jahre durch, schließlich starb ihr Sohn an seiner Krankheit. Dmitrij war der Sohn eines Lehrerkollegen, Olga und Dmitrij hatten sich erst ein Jahr zuvor kennengelernt. Sie heirateten 2000, aber *Mitja*, wie Olga ihn nannte, musste nach wenigen Wochen auf das U-Boot zurück. Olga begleitete ihn nicht nach Widjajewo, die dortige Wohnung war in noch schlechterem Zustand als das Hochhaus, in dem sie am Rand von St. Petersburg wohnte. Im Winter war es dort manchmal so kalt, dass die Mannschaft mit ihren Ehefrauen lieber an Bord des U-Boots als in den Wohnungen übernachtete, wo die Zentralheizung oft nicht funktionierte. Außerdem hätte Olga in Widjajewo keine Arbeit gefunden. Dmitrij bekam nicht oft Urlaub, um seine Frau zu besuchen, erst im Juni kam sie zum ersten Mal in die geschlossene Marinestadt. Höhepunkt des Besuches war eine Besichtigungstour an Bord der Kursk. Schon da hatte sie das Gefühl, dass mit dem U-Boot nicht alles zum Besten stand.

Vor seiner Rückkehr auf die Kursk habe Dmitrij ihr gesagt, erzählt Olga, sie solle nicht untätig in der heruntergekommenen Wohnung in Widjajewo auf ihn warten, sondern nach Hause fahren. Sie habe den Zug nach St. Petersburg genommen, aber kurz davor habe Dmitrij ihr den silbernen Kreuzanhänger, den er zur Taufe bekommen hatte, und die Militärmarke gegeben, die er immer um den Hals trug. Da sahen sie sich zum letzten Mal. Bogen schreibt in seinem Buch, dass Dmitrijs Briefe weiterhin mit der Post kamen. Den letzten Brief an Olga schickte er am 9. August ab, zwei Tage später verließ die Kursk zum letzten Mal den Heimathafen. Diesen Brief stellte die Post fünf Tage nach der Havarie zu. Das Postwesen war wie immer langsam, aber vielleicht hätte Dmitrijs Liebesgedicht Olga zu keinem besseren Zeitpunkt erreichen können.

Olga sagt, es war, als habe ihr Mann seinen Tod geahnt. Der erste Hinweis sei ein Gedicht gewesen, das er ihr in jenem Sommer nicht lange vor seiner Abfahrt schrieb: *Wenn die Stunde des Todes kommt, selbst wenn ich solche Gedanken scheue, werde ich Dir nur eines zuflüstern: Meine Liebste, ich liebe dich.* Er wusste nicht zu sagen, warum er von Tod schrieb, aber am folgenden Tag sei der Spiegel im Bad zersprungen. Dmitrij versuchte, sie zu beruhigen, es werde nichts Schlimmes passieren, solange sie sich nicht an den Glasscherben schneide.

Im Oktober 2000 gelingt es norwegischen und russischen Tauchern, zwölf tote Seeleute aus der Tiefe zu bergen. Sie finden Kapitänleutnant Dmitrij Kolesnikow, der nach der Explosion dreiundzwanzig Matrosen der sechsten, siebten und achten Sektion in die neunte gebracht hatte, wo es ihnen gelang, das Schott zwischen den Sektionen zu schließen. Das Heck lief voll Wasser, es war eiskalt, in den Stunden, während das Wasser eindrang und der Mannschaft langsam die Luft ausging, schrieb Leutnant Dmitrij Kolesnikow im Schein der Notbeleuchtung einen Brief an seinen Oberkommandierenden.

»12.08.2000. 15.15 Uhr. Hier ist es zu dunkel zum Schreiben, aber ich versuche es nach Gefühl. Chancen haben wir, so scheint es, keine, 10–20 %. Wir hoffen, dass dies irgendwer lesen wird. Hier ist die Liste der Besatzungsmitglieder der Sektionen, die sich in der neunten Sektion befinden und versuchen werden auszusteigen.
Grüße an alle, verzweifelt nicht. Kolesnikow«

Pflichtbewusst notierte er die Namen der Überlebenden der U-Boot-Explosion und protokollierte, was geschehen war, damit die Vorgesetzten bei der Untersuchung des Unglücks etwas in der Hand haben würden. Er schaffte zwei Seiten, dann wurde es völlig dunkel. Der Sauerstoffgehalt in der Luft war niedrig, die Mannschaft saß mit den Füßen im Salzwasser. Dmitrij wusste, worauf das hinauslief, und bevor sie einen letzten verzweifelten Versuch machten, die Sauerstoffsituation zu verbessern, schrieb er einen Gruß an seine Frau.

»Oljenka, ich liebe Dich. Nimm es nicht zu schwer. Ein Gruß an GW [Olgas Mutter Galina Wasiljewna]. Ein Gruß an die meinigen. Mitja.«

Dann versiegelte er den Brief in einem wasserdichten Umschlag und legte ihn in eine Innentasche seiner Uniform, über sein Herz. Darum blieb der Brief erhalten, sagt Olga, er sei ölverschmiert und an den Rändern etwas verkohlt gewesen, aber die Handschrift sei deutlich und gut lesbar. Das Original wurde ihr nie ausgehändigt, aber sie durfte den Brief in der Hand halten, bevor die Obrigkeit ihn wieder einzog, und erhielt eine Kopie. Es heißt, die Zeit heilt alle Wunden, aber ich weiß nicht, ob das möglich ist. Das sagte Nadeschda Tylik, die ihren Sohn Sergej an Bord der Kursk verloren hat. Sie kann den Verlust des Sohnes nicht verzeihen, aber es ist mehr als das: Sie kann die Lügen nicht verzeihen. Sie erträgt den Anblick von

Militäruniformen nicht mehr. Wenn ein junger Leutnant an ihr vorübergehe, breche ihr das Herz, sagt sie.

Was geschieht, wenn geschehen ist, was angeblich nie geschehen kann? Dann kann alles geschehen, auch das Unvorstellbare. Wird dann das Ungedachte, nicht Vorgestellte möglich? Das glaube ich, denn es scheint, als bewege sich Geschichte im Kreis, die Wirklichkeit wirkt verdreht und verrenkt. Wasser hat seinen eigenen Kreislauf. Ich tauche, ich falle, bevor ich mich unter die Wasserfläche gleiten lasse und von der Strömung nach unten gezogen werde. Die Strömung ist stark. Der Körper erinnert sich, das Fleisch schweigt. Die Strömung ist stärker als die Spinnwebe der Seele. Die Seele ist entrückt. Die Strömung zieht mich durch die Vergangenheit, die Fahrt aufnimmt und sich als transparenter Nebel über die Zukunft legt. Der Schnee fällt. Das Wasser ist kalt, der Kopf ist unter Wasser in dem Fluss, der mich meilenweit über den Polarzirkel hinaus nach Norden trägt, wo Fenster im Sechzigerjahre-Wohnblock in Widjajewo offen stehen, nachdem die Mutter zur Arbeit und die Tochter zur Schule gegangen sind. Es ist ein normaler Tag. Die Männer sind zum Fischen hinausgefahren oder bei einer Militärübung im U-Boot. Die Kinder sind in der Schule und im Kindergarten. Ein paar ältere Frauen stehen mit Eimer und Seifenwasser auf der Straße. Sie versuchen, den radioaktiven Niederschlag von den Bürgersteigen zu waschen, sie fragen: Kann man die Pilze essen? Ist die Marmelade gefährlich? Ist die Milch, die wir unseren Kindern geben, gesundheitsgefährdend? Können wir in unserem Fluss baden? Können wir den Kabeljau aus dem Meer essen?

Die Radioaktivität gibt es als Blasen im Blut, im Gewebe und im Meer. Die Radioaktivität gibt es in der Erde, im Wald und auf den Feldern. Die Radioaktivität liegt verschrottet im Hafen, aufgehäuft in alten U-Booten und Reaktorteilen. Die Radioaktivität ist im Bach und im Trinkwasser. Die Radioaktivität ist in Dämmen und Becken. Die Radioaktivität ist im Regen über der geschlossenen Stadt, wo die Kinder aus der Schule nach Hause gehen oder aus dem Kindergarten abgeholt werden. Das Kind ist Träger des toten Ehemannes, der Vater flackert durch den Blick des Kindes, das Unterwassereis liegt offen zutage. Die Mutter begegnet dem Blick ihrer Tochter, der Blick erzählt von dem Leben, das ihr genommen wurde. Sieht ihre Mutter den Tod oder ihre lebende Tochter?

Leben ist mehr als Verzweiflung, Leben ist Disziplin. In der Stadt warten die Menschen, sie verwalten das Warten. Die Menschen wissen seit jeher, dass das Schlimmste geschieht, wenn man wartet. Denn was geschieht, wenn wir warten? Wir sehen es geschehen, und so wird es wahr. Im Warten liegen Hoffnung und Angst. Die Zeit bleibt stehen und geht zugleich weiter, was nicht geschieht, ist auch, was unentwegt geschieht. Ein U-Boot, das nicht sinken kann, sinkt. Eine Lampe, die nicht verlöschen kann, verlöscht. Was ist größer, Hoffnung oder Verzweiflung? Falsche Frage, es geht darum, durchzuhalten. Es geht um Weitermachen und Zukunft, wegen der Kinder. Vier Monate lang ist die Sonne fort, aber mitten am Tag öffnet sich der Himmel zu einem Lichtwunder. Der Himmel reißt auf. Es ist, als öffne sich hinter der geschlossenen Tür eine Tür, ein Streifen Weiß läuft wie ein Faden zwischen Himmel und Erde und zeugt davon, dass morgen ein neuer Tag ist. Er sagt: Wir wissen, was wir wissen, mehr können wir nicht wissen, aber wir müssen weitermachen. Solange es möglich ist, müssen wir den Blick von der Vergangenheit und den Toten heben, wir müssen das Kind als das sehen, was es ist.

Und dann steigen eines Tages auf der ukrainischen Halbinsel Krim, im Hafen von Baklava, Millionen durchsichtiger Ohrenquallen an die Oberfläche. Nanu? Was ist da los? Eine Qualleninvasion um diese Jahreszeit? Es ist November, das ist verkehrt, völlig falsch, ein merkwürdiger Anblick, wie viele Quallen dicht gedrängt einen klaren blauen Teppich bilden, der zwar durchsichtig wirkt, aber in seiner ganzen Quallenhaftigkeit nicht mehr transparent ist. Die Quallen haben weder Augen noch Herz, Blut, Skelett oder Gehirn, sie bestehen zu fünfundneunzig Prozent aus Wasser, jetzt liegen sie im Meer, das einer Suppe gleicht, Schiffe scheinen sich durch Eisrinnen zu pflügen. Man könnte meinen, das arktische Eis sei plötzlich vom Meeresgrund an die Oberfläche gestiegen. Das

Eis ist nicht weiß, es ist blau und gallertartig. Ja, es geschieht wirklich, die lebende, transparente Tiefe steigt an die Oberfläche, liegt offen zutage, und der Junge, der mit einem Kescher an der Kaimauer hockt, kann all das hochschöpfen und herausangeln und sagen, guck mal, so ist es tatsächlich auch, ja.

Die aus der Tiefe gezogenen geschriebenen Worte, schwarz auf weiß. Ich habe den Ehering wiedergefunden. Er lag hinter dem Spiegel im Wohnzimmer. Das war vor einigen Tagen, seither habe ich ihn nicht mehr abgelegt. Ich blicke in den Spiegel, doch was ich sehe, bin nicht ich. Ich sehe niemanden, und ich sehe viele. Ich sehe Gesicht, Hände und Meer. Ich sehe ein Licht und ein verschlossenes Schott. Das Notlicht brennt in der kleinen, weiß und pastellblau gestrichenen Holzkirche. Der Spiegel hat einen Sprung bekommen, hinter dem Spiegel steht eine erwachsene Frau in völliger Auflösung. Alles befindet sich in Auflösung, der Sommer ist bald vorbei. Eines Tages finden Taucher die Überreste der schwedischen Journalistin. Der dänische U-Boot-Erfinder ändert seine Aussage, dann will er nichts mehr sagen.

V

DAS MEER IST KRISTALLKLAR, aber jetzt ist es dunkel. Ein Segelboot kommt mit Lichtern am Mast herein, ein kleines Fischerboot tuckert mit einer einzigen brennenden Laterne näher, eine Yacht schaukelt mit dem Bug voran, sie ähnelt einem BMW auf der Straße, ankert, wo bis tief in die Nacht Tanz- und Technomusik erschallt. Das Wasser ist eine Straße voller Kreuzfahrtschiffe und großer, mit Crew gemieteter Segelboote, in der Luft ist der Flugverkehr jetzt am dichtesten, weil die Touristen ankommen und abreisen.

Hier in Zaton, in der windstillen Lagune gut zehn Kilometer nordwestlich von Dubrovnik, wo ich gerade mit Sonnenbrand aufgewacht bin, nachdem ich mitten am Tag mit unserer Tochter eingeschlafen war, fällt es schwer zu glauben, dass der Krieg im früheren Jugoslawien tatsächlich passiert ist. Am Steg unterhalb des Hauses, in dem wir wohnen, verlässt eine barbusige Frau ihre Sonnenliege und wirft sich mit kleinen, leisen Schreien ins

Wasser. Die Bauarbeiter auf dem Gerüst am Nachbarhaus stoppen ihre Bohrer, hören auf zu mauern, wenden sich dem Meer und der Frau zu, die jetzt auf dem Rücken im Wasser liegt. Heute ist es kochend heiß, mir fällt ein Satz aus Dubravka Ugrešić' *Das Museum der bedingungslosen Kapitulation* ein. Hannelore, die Freundin der Erzählerin, sagt, was eine Frau am meisten brauche, sei Luft. Später, nachdem sie schwimmen waren, sagt Hannelore, was eine Frau am meisten brauche, sei Wasser.

Am Steg oberhalb der türkisen Bucht, auf der Sonnenliege unter dem Sonnenschirm ist es unerträglich heiß. Hat man mir Wachs auf die Augen getropft? Plötzlich steht meine Mutter vor mir, die Bucht ist zu einem Schwimmbecken geworden. Hier, sagt sie und streckt die Hand aus. Hier hast du den Badeanzug, den du dir gewünscht hast. Denke daran, wenn du ihn trägst, dass ich in deinem Alter auch so einen Badeanzug hatte. Meine Mutter hat die Luftmatratze verlassen und steigt aus dem Pool. Jetzt steht sie an der Sonnenliege über mir. Von ihrem Körper tropft es. Ich sehe ihre Fußspuren an der Beckenkante, vorbei an der Bambusbar und den Sonnenliegen. Bitte sehr, sagt meine Mutter. Zwei Tropfen aus ihrem langen schwarzen Haar treffen mich im Gesicht. Der Badeanzug ist rosa mit roten Erdbeeren. Meine Mutter trägt die Sonnenbrille wie einen Haarreif in die Haare geschoben. Ich denke an die Schwimmstunden und den gelben Schwimmgürtel, den ich ablegen musste, als die Klassenlehrerin darum bat. Ich erinnere mich daran, dass ich zu Hause auf einem Stuhl balancieren musste. Ich übte, auf dem Bauch liegend, die Beine mit den Bewegungen zu synchronisieren, die ich mit den Armen machte. Das wird falsch, sagte meine Mutter. Du musst die Kraft der Beine nutzen, bevor du die Armzüge machst. Meine Mutter war verärgert. Sie bebte vor Wut. Sobald ich an das Synchronisieren dachte, kam ich aus dem Takt. Denken stört Bewegung, jetzt trennte mich nur noch der Stuhl vor dem Ertrinken. Danke für den Badeanzug, sage ich. Der Badeanzug ist nass, Mutter hält ihn zwischen uns wie einen Schild. Ich betrachte das Erdbeerenmuster über Brust und Bauch. Der Fjord im Tal zwischen den Bergen ist tief und kalt. Jetzt denke ich, dass Liebe auch ein geheiztes Schwimmbecken sein kann. Und der Geruch von Chlor der Geschmack von Freiheit.

Als ich aufwache, läuten die Kirchenglocken auf der anderen Seite der Bucht, die Sonne sinkt hinter den Bergrücken, wo sich der Tunnel öffnet. Die Lichter der Häuser am Hang oberhalb der Autostraße und die Straßenlaternen, die am Hafen angehen, verwandeln die Lagune in das Postkartenidyll eines nächtlichen Riviera-Städtchens. Im Schein der roten Nachttischlampe, in dem Zimmer, wo meine Tochter und mein Mann jetzt schlafen, lese ich, wie die serbischen Soldaten im Land plünderten und schossen, wie die Städte Dubrovnik, Sibenik, Zadar, Karlovac, Sisak, Slavonski Brod, Osijek, Vinkovci und Vukovar mit einem Wasserturm, der aussieht wie die sowjet-geformte

Blüte einer geballten Faust, angegriffen und zerstört wurden. Ich betrachte Fotos von der Bombardierung Dubrovniks, vom Flammenmeer, das Foto einer serbischen Mutter mit einem weinenden Kind auf dem Arm. Mutter und Kind werden aus ihrem Haus vertrieben, drei bewaffnete NATO-Soldaten schauen zu.

Unsere Tochter schläft in dem klimatisierten Zimmer in einem eigenen Bett, sie trägt nur eine Unterhose, das Laken hat sie schon lange weggestrampelt. Mein Rücken brennt nach dem Tag in der Sonne, ich habe meinen Mann gebeten, mich mit Aloe Vera einzucremen. Er cremt mich ein, gewissenhaft, es dauert etwas, bis ich merke, dass die auf den Rücken aufgetragene Creme die Aloe Vera-Zahncreme ist, die ich vor unserer Abreise in der Apotheke in der Stadt gekauft habe. Das Touristenleben am Mittelmeer schmerzt, in *Das Museum der bedingungslosen Kapitulation* lese ich weiter vom Aufenthalt der Erzählerin in einem Haus an der Adriaküste: »Wenige Badegäste suchten den kleinen Strand auf. Von der Terrasse waren sie zu sehen und zu hören. Eines Tages schreckte mich auffällig lautes Frauengelächter auf. Im Meer sah ich drei nicht mehr junge Schwimmerinnen. Sie hielten sich dicht am Ufer in einem kleinen Kreis, als säßen sie an einem runden Kaffeetisch. Es waren Bosnierinnen (der Aussprache nach), wahrscheinlich Flüchtlinge, und Krankenschwestern. Woher ich das weiß? Sie erinnerten sich an ihre längst vergangenen Schultage und klatschten über eine vierte, die bei der Abschlussprüfung die Wörter *Anamnese* und *Amnesie* verwechselt hatte. Das Wort *Amnesie* und die Geschichte der Prüfung wurde bei jeder Wiederholung mit Lachsalven quittiert. Dabei schwenkten alle drei die Arme, als wischten sie unsichtbare Krümel von einem nichtexistenten Tisch. Plötzlich ging ein kurzer Regenschauer nieder. Die Frauen blieben im Wasser. Vom Balkon aus betrachtete ich die funkelnden großen Regentropfen und die drei: Ihr Lachen wurde immer lauter, mit immer kürzeren Pausen, sie erstickten fast. Mit ausgebreiteten Armen patschten sie ins Wasser, jetzt glichen ihre Stimmen dem Krächzen von Vögeln, als wetteiferten sie in der Lautstärke, und auch der Regen wurde immer verrückter, kräftiger und wärmer. Zwischen Balkon und Meer erhob sich ein nebliger, nasser, salziger Vorhang. Er sog mit einem Mal alle Geräusche auf, und in einer blitzenden Stille sah man das majestätische Flattern dreier Flügelpaare.«

Es ist mitten am Tag. Ich gehe von dem vierhundert Jahre alten Natursteinhaus, in dem wir wohnen, die Treppen hinunter in den Garten und zur winzigen St. Rocco-Kapelle, die zu dem Haus gehört, blicke durch das offene Fenster über die vier braunen Holzbänke hinweg auf eine Ikone, die einen Heiligen mit Hund und Brot im Arm darstellt. Die Luft ist staubgesättigt, die trockenen, hie und da von grünem Moos bedeckten Treppenstufen dünsten einen süßlichen Geruch nach Katzenpisse und Lavendel aus. Die Farbe blättert von den Stufen, die Natursteinmauer ist inzwischen eine glutheiße Kochplatte, auf der man Eier braten könnte. Die Hauswände strahlen Hitze ab, vom Steg, in dessen Zement zwei große Buchstaben, ein Datum und die Jahreszahl 1991 eingeritzt sind, kann man direkt ins Wasser steigen, es ist so klar, dass man an mehreren Stellen ohne Tauchermaske den Grund und vorbeischwimmende Fische sehen kann. Ich schwimme an der Villa und dem Schwimmsteg vorbei, in der Höhe des Fischrestaurants mit den weißen Tischdecken kommt mir eine Frau in gelbem Bikini entgegen, die in die entgegengesetzte Richtung schwimmt. Ihr Blick ist konzentriert nach vorn und zugleich auf merkwürdige Weise nach innen gerichtet. Ihre Technik und ihr Tempo sind beeindruckend, sie bewegt sich mit der Effizienz eines Wasserfahrzeugs, ohne diesen Blick, der mir schon mehrfach aufgefallen war, hätte ich das für Spiel und Spaß gehalten. Aber es ist eine körperliche Disziplin, die erlernt wurde, damit sie nötigenfalls blind, im Schlaf, funktioniert. *She is a grizzly woman*, denke ich, eine schwimmende Bärenfrau im Sommer.

Im Winter lernte ich eine niederländische Schriftstellerin kennen, die auf Island gewesen war. Dort hatte sie im Meer und auch an einer Stelle gebadet, wo Gletscherwasser in den Fjord lief, aber wir trafen uns in einer Sauna auf Gotland, und als wir hintereinander über die vereiste Mole zur Badeleiter gingen, wurden wir Freundinnen. Wir stiegen zusammen in die Ostsee und machten bei fünf Grad ein paar Schwimmzüge. Die Schriftstellerin wohnt in einem Hausboot in Amsterdam und erzählte von einer Zeit, als sie und ihr Freund verliebt im Kanal herumschwammen. Obwohl das Wasser schmutzig und verunreinigt war, obwohl Ratten und Fische auf der Wasseroberfläche trieben, war es schön, die Lichter vom Land spiegelten sich im Kanal. Sie erzählte, sie sei einmal so lange geschwommen, dass ihr heiß wurde, ihr Freund habe gesagt, jetzt musst du umdrehen und zurückschwimmen. Ich war wohl in der Phase einer moderaten Hyperthermie, erzählte sie am dritten Tag, als wir in der Sauna zusammensaßen und uns nach dem kurzen, kalten Bad wieder aufwärmten. Als sie ins Wasser ging, drehte sie sich auf den Rücken, atmete tief ein, dann langsam aus und wirkte im kalten Dezemberwasser der Ostsee völlig entspannt.

Für mich geht es hier in Zaton langsam, denn ich schwimme Brust, eigentlich die einzige Technik, die ich halbwegs beherrsche. Ich blicke in das klare Wasser hinunter. Die flachen Steine am Grund passen präzise ineinander. Im Wasser sind sie grau und blaugrün, am Strand, an dem ich entlangschwimme, weiß und gelblich. Wie lange haben sie hier gelegen? Wie viele Zeiten und Gezeiten sind über sie hinweggegangen? Und diese Menschen, wer waren sie, fühlten sie sich frei, wenn sie schwammen oder auf den Steinen ins Meer hinein- oder hinausgingen, das damals vielleicht weiter draußen lag?

Anfang der Neunzigerjahre schrieb Dubravka Ugrešić mehrere Essays als Protest gegen Kroatiens nationalistisches Regime und den damaligen Präsidenten Franjo Tudjman. Wie der überwiegende Teil der Zivilbevölkerung war auch sie Schikanen und Drohungen ausgesetzt, und um nicht ermordet zu werden wie jene, die nicht mehr rechtzeitig entkommen waren, floh sie. Ugrešić schildert den Balkan des Jahres 1991, das Jahr, als sich die Straßennamen, die Sprache, das Land, die Fahne und die Symbole veränderten, als die falsche Seite zur richtigen und die richtige zur falschen wurde, einige vor dem eigenen Namen Angst bekamen und andere deswegen keine mehr haben mussten, man begann, einander abzuschlachten, »als Armeen mit verschiedenen Abzeichen aufmarschierten, als die stärkste aufmarschierte, alles vom Erdboden *ihres* Landes zu tilgen; als eine Hitzewelle das Land verwüstete; als die Lüge zum Gesetz und das Gesetz zur Lüge wurde; als die Zeitungen verschieden über dieselben Dinge schrieben, als die Menschen verschieden über dieselben Dinge sprachen; als ihnen nur einsilbige Wörter über die Lippen kamen, *Blut*, *Krieg*, *Dolch*, *Angst*; als die kleinen Balkanländer Europa erschütterten, indem sie zu Recht behaupteten, seine legitimen Kinder zu sein.«

Am Steg, bäuchlings auf der weißen Plastik-Sonnenliege, lese ich eine norwegische Zeitung; sie berichtet von einer Nonne, die sagt, sich politisch zu engagieren sei Christenpflicht. In ihrer Jugend sei sie radikal gewesen, jetzt kämpfe sie mit ihren Gebeten hinter den Mauern einen anderen Kampf. In einiger Entfernung, wo ein exklusives Boot vertäut ist, steht ein alter Mann im schwarzen Speedo an der Mauer seines Hauses und schaut über das Meer. Hinter der Mauer steht ein kleines Schwimmbassin in der Größe eines Badebottichs. Gestern war er zu seinem Boot hinausgeschwommen, dann stand er da, etwa dreißig Meter von uns entfernt, am Ruder. Er steht schon lange an der Mauer, jetzt sieht er zu unserem Steg herüber, wo wir ausgeknockt in der Hitze liegen, die wie eine brutale Umklammerung von Zagreb hergekommen ist. Ich bin zur Ankerkette des Bootes hinausgeschwommen, dort sah ich, dass jemand den ehemaligen Namen *Daisy* weggekratzt und den Frauennamen durch *Glory Days* ersetzt hat.

Ich denke an die Sonne und die Hitze des Sommers vor vier Jahren, als ich unentwegt einen Kinderwagen schob und nie anzuhalten wagte, selbst wenn das Baby schlief. Daran, wie schön der Sommer war, wie hell, an meinen Mann, der krank war und sich nicht dem Licht aussetzen durfte. Sein Gesicht war schief, wenn er lächelte, verrutschte ihm das Lächeln nach unten, er konnte das linke Auge nicht schließen. Hatte er einen Schlaganfall gehabt? Als er schließlich einwilligte, ins Krankenhaus zu fahren, wurde er untersucht, aber die Ärzte fanden nichts. Er hatte Angst, aber man merkte es ihm nicht an. Meine

Angst äußerte sich auf völlig verkehrte Weise, aber zusammen hielten wir das leuchtende Leben in Händen und mussten aufpassen, dass das Licht nicht zu stark wurde.

Den Sommer aushalten, den Mut nicht verlieren, während ich unentwegt davon träumte, wegzuschwimmen. Eines Abends nahm ich, nachdem unsere Tochter eingeschlafen war, das Auto und sagte, ich fahre jetzt zum Schwimmen ans Meer, bevor sie wieder aufwacht und gestillt werden muss. Ich erinnere mich nicht mehr genau an die Einzelheiten, nur, dass ich im Wasser treibend endlich so etwas wie Ruhe fand, mir war, als komme Schlaf über mich. Ich war müde und fühlte mich doch ausgeruht, lang auf dem Wasser liegend konnte ich in meine Gedanken hinein- und hinaustreiben. Kann dieser mentale und körperliche Zustand ewig andauern? Gibt es diese hellwache Ruhe, mit Ruhepuls, nur im Wasser? Ich lag auf dem Rücken, blickte in den offenen, hohen Himmel über mir, atmete ruhig, ließ mich tragen. Und dann, urplötzlich, schien mein Kopf zu erfassen, wie tief das Meer und wie weit draußen ich war, Angst überfiel mich. Ich kehrte sofort um. Ich meinte die Tritte von damals zu spüren, als unsere Tochter in mir lag, als sandte sie mir die Nachricht, dass es im Leben nicht darum geht, aus etwas hinaus-, sondern in etwas hineinzutreiben, sich zu verbinden. Ich schwamm zügig zum Ufer. Es dämmerte schon. Zum Land zurück war es weiter als gedacht, aber ich sah sie vor mir. Unsere Tochter. Ich konnte wieder im Takt der Schwimmzüge atmen, wusste, dass ich jetzt und auch künftig getragen wurde, ganz gleich, wie lang der Sommer oder der Winter werden mochten.

Am Nachmittag rattern zwei Helikopter über die Bucht und unser Haus. Am Sonntagabend dringt der Waldbrand von Montenegro in Richtung Kroatien vor und verursacht in der Nähe von Dubrovnik vierunddreißig Explosionen. Die Behörden glauben, dass Minen aus den Neunzigern explodiert sind. Furchtbare Zeiten seien Zeiten des Kollektivs, schreibt Dubravka Ugrešić. Daher brauchen Zeiten des Kollektivs kollektive Lügen, einfache Wahrheiten, denen man sich leicht anschließen kann. *Das Museum der bedingungslosen Kapitulation* ist eine zwischen 1991 und 1998 verfasste Essaysammlung aus Fragmenten, die datiert und in sich abgeschlossen sind. Dadurch wirkt jede Geschichte wie ein Dokument. Schon der Stil scheint abzubilden, wie Jugoslawien, das Land, das jetzt verschwunden und in neue Länder aufgeteilt ist, wie beispielsweise Kroatien, wo ich jetzt in einer Lagune an einem Olivenhain schwimme, aufgelöst wurde und doch in einer größeren verpflichtenden und fragmentierten Verbindung zusammenhängt. Bei der radikalen Umgestaltung wird die Wahrheit zur Lüge und die Lüge zur Wahrheit, im titelgebenden Essay des Bandes schildert sie, wie die *alte Wahrheit* zerstört wird, sobald das entsteht, was die *neue Wahrheit* sein wird.

Weiße Schaumkronen treiben auf den Wellen in unsere Badebucht. Das Feuer breitet sich durch den starken Wind schnell aus. Man bekommt die Brände nicht in den Griff, der Wind lässt sich nicht kontrollieren. Ein orangefarbener Baukran direkt neben dem Haus, in dem wir wohnen, schwankt im Wind. Auf einem der Fotos, die ich mir vor unserer Reise angeschaut hatte, stand dort noch ein Natursteinhaus wie das unsere. Nun ist das alte Haus fort, es wurde abgerissen, auf dem Grundstück entsteht ein neues Haus in nachgemachtem Naturstein-Stil. Wie reißt man ein Haus aus Steinen oder Beton ab? Das Haus wirkt neureich und kitschig, seine großen Fenster sind unvereinbar mit dem bescheidenen und zugleich festungsgleichen Stil der alten Häuser. Im Wind schwankt der Baukran über unser Haus, den Steg und die Badebucht.

Im Wind, auf dem Weg die Badeleiter hinunter, sehe ich die Gesichter der badenden Frauen vor mir, die auf dem vergilbten Schwarz-Weiß-Foto in *Das Museum der bedingungslosen Kapitulation* abgebildet sind. Ugrešić schreibt, sie wisse über das Foto nur, dass es Anfang des Jahrhunderts an der Pakra aufgenommen wurde, einem Flüsschen nicht weit von dem Ort, wo sie geboren wurde und aufwuchs. »Ich stelle fest, daß ich das Foto immer bei mir habe wie einen Fetisch, dessen wahre Bedeutung ich nicht kenne. Ich weiß nur, dass die mattgelbe Oberfläche hypnotisch auf mich wirkt. Manchmal starre ich sie lange an und vertiefe mich in die Reflexe der drei Frauen auf dem

Wasser, in ihre Gesichter, die mich ansehen. Ich tauche in sie ein, als wollte ich ein Geheimnis enträtseln, einen Spalt entdecken, einen geheimen Tunnel, durch den ich in einen anderen Raum, eine andere Zeit gleiten kann. Meist lehne ich das Foto an die linke Fensterecke, von wo aus ein Zipfel des Sees zu sehen ist.«

Die Tage vergehen, es kommt ein neuer Tag, das Wasser ist angenehm, aber wegen des Windes etwas kühler. Ich schwimme in Richtung Schwimmsteg, und es ist, als kehre durch das Wasser der Schlaf zurück. Ich drehe mich auf den Rücken, das kühlt den Kopf. Wir sind bald fünf Tage hier, und ich habe noch nichts geschrieben. Ich weiß, dass wir Ferien machen, wir sollen alle zusammen sein, aber wenn so viele Tage vergehen, ohne dass ich schreiben kann, habe ich das Gefühl, meine Wasserwaage ist nicht mehr im Lot, egal, wie viel ich schwimme. Weit entfernt höre ich ein leises Geräusch, es stammt, wie sich zeigt, von einem kleinen Fischerboot, in dem ein Großvater früh am Morgen mit seinem Enkelkind hinaustuckert. Unsere Tochter ist jetzt wach und mit ihrem Vater alle Stufen zum Steg hinuntergestiegen, sie winkt dem Boot zu, den Arm schon im Schwimmflügel, und der etwa gleichaltrige Junge im Boot winkt zurück. Die Leute hier sind als freundliche Menschen und gute Fischer bekannt, im Internet habe ich gelesen, hier seien »während der serbischen Aggressionen viele Häuser zerstört worden«. Auf einem Foto, dessen Datum ich nicht kenne, hat das Haus, das einmal hier stand, einen Balkon zur Bucht. Auf dem Balkon standen Sonnenstühle, die Tür zum Schlafzimmer war offen. Es gab auch einen kleinen Garten mit grünen Büschen. Im Schatten vor der Außendusche, hinter dem violett blühenden Rhododendron, spielt unsere Tochter mit Ameisen. Ich denke an die Kindheit im Tal. An die Sommer, in denen ich mit hohen Gummistiefeln im Silo im Kreis ging, daran, dass unsere Tochter in dem Sommer, in dem sie zum ersten Mal in eine Feuerqualle hineinschwimmt, noch nie gespürt haben wird, wie Ameisensäure ans Knie über dem Stiefelrand spritzt.

Was die Uhr zeigt, die am Arm sein sollte, weiß ich nicht, ich habe auch den Überblick verloren, wie oft ich schwimmen war, mir ist, als wäre ich in einem anderen Meer, einer anderen Zeit, einem anderen Zustand aufgegangen. Kann man im Wasser schlafen? Nein, dann ertrinkt man wohl, aber ist es möglich, durch Wasser zum Schlaf zurückzufinden? Ich habe von Floating Tanks in Wellness-Centern gehört, die angeblich drei Stunden Nachtschlaf ersetzen, aber hier, im Wasser, nachdem mein Mann nachts geschnarcht hat, die Kinder zu unterschiedlichen Zeiten aufgewacht sind und die Bauarbeiter um sieben Uhr anfingen, vertraue ich darauf, dass sich Wasser minus Schlaf wie Schlaf anfühlen kann.

Ich sitze unter dem blauweißen Sonnenschirm in der brütenden Sonne und sehe den Jungs zu, die vom Schwimmsteg Kopfsprünge machen. Sie springen mit Geschrei und Getöse, dann beginnen sie, spielerisch auf dem Ponton herumzubalgen. Am Steg klettert unsere Tochter gerade mit Schwimmflügeln und Badeschuhen die Badeleiter hinab. Ich muss daran denken, dass ich etwa in ihrem Alter war, als meine Mutter mich fragte, woher ich komme und warum meine Haare nass seien. Ich war allein zum Fjord gegangen, um zu schwimmen, hatte aber beim Nachhausekommen meiner Mutter gesagt, ich hätte mit dem Nachbarjungen gespielt. Sie antwortete, sie habe ihn im Garten spielen sehen, er sei auf den Apfelbaum geklettert. Du warst nicht da, sagte meine Mutter. Doch, ich war da, rief ich, sie habe mich nur nicht gesehen, weil ich in die Baumkrone geklettert sei. Warum sind deine Haare feucht?, fragte meine Mutter wieder, was meinst du? Entweder hörst du auf zu lügen oder du sagst *Danke.* Danke, sagte ich, ohne zu ahnen, welche Arbeit und wie viel der Begriff Mutter beinhaltet.

Stiefmutter sein, ist das wie eine Mischung aus Tante und Mutter zweiten Ranges? Nein, es heißt, ein weiterer Elternteil zu sein. Nach A und B eine C. Wie soll ich mich gegenüber deinen Kindern verhalten?, fragte ich meinen Mann in dem Jahr, nachdem wir ein Paar geworden waren. Sieh dich als Freundin, sagte er. Ich dachte daran, dass meine Mutter einmal gesagt hatte: Niemand kann die beste Freundin der eigenen Tochter sein. Das wird verkehrt. Ich denke, dass sie, damals wie heute, völlig recht hat. Die Kinder haben nicht um einen weiteren Elternteil gebeten. Und für Freunde haben sie immer allein und völlig selbstständig gesorgt.

Ich verlasse die Liege unter dem Sonnenschirm, steige ins türkisklare Wasser und mache lange Schwimmzüge. Schwimme weiter, den Kopf unter Wasser. Es sind Sommerferien, wir sind zusammen, am Mittagstisch gibt es laute Diskussionen über Handy-Zeiten und angemessenen Sprachgebrauch. Ich sage mir, sei froh. Weißt du noch, wie es war, als du selbst so jung warst? Ich gebiete mir, positiv zu sein. Ich schwimme weit und sage mir, jetzt hast du den Urlaub, den du dir immer gewünscht hast. Sei dankbar, sage ich mir, als ich die weiß gestrichene Badeleiter hinaufklettere und gleich danach auf halber Treppe hinter dem Rhododendron das Salz abdusche. Es ist Montag, im Nachbarhaus läuft eine Bohrmaschine. Ich gehe die Stufen zum Haus hoch, schaue über die Mauer zwischen den beiden Häusern, drüben schwanken zwei Bauarbeiter in blauen Overalls auf einer Gerüstleiter.

Letzten Herbst, direkt vor den Weihnachtsferien der Schule, wo ich arbeite, fand ich mich im Umkleideraum des Drammener Schwimmbads neben zwei etwa sechzigjährigen Frauen wieder. Sie kamen, Handtücher um Kopf und Bauch gewickelt, von der Sauna und den Duschen und gingen sehr schnell zu ihren Spinden. Ich vermutete, dass sie aus dem ehemaligen Jugoslawien stammten, denn mir war, als hätte ich zweimal das Wort *Ćevapi* gehört, ein Grillgericht aus daumengroßen Hackfleischwürstchen. Die eine saß schon in Daunenjacke und Mütze auf der Bank und wartete auf die andere, als in ihrer Handtasche das Mobiltelefon klingelte. Sie sprach nur kurz, aber nachdem sie aufgelegt hatte, sagte sie zu der anderen Frau, die jetzt fertig angezogen war: Habe ich ein schlechtes Gewissen? Auf dem Weg zur Ausgangstür hörte ich in ernsterem Ton: Weshalb sollte ich ein schlechtes Gewissen haben? Bevor die Garderobentür zufiel, hörte ich die Frauen laut lachen.

Meine Fragen nach der Erinnerung sind Fragen nach der eigenen Biografie, schreibt Ugrešić und zitiert Rainer Maria Rilke, »Die Geschichte eines erschütterten Lebens kann nur in Fragmenten erzählt werden«. Man kann das als Poetik oder programmatische Erklärung lesen, wie es die Autorin von *Das Museum der bedingungslosen Kapitulation* tut. Vor der Kulisse von Berlin führt sie ihre Leser in ein Geflecht aus Geschichten, Orten und Träumen, das einen Blick auf Zurückgelegtes und Verlorenes wirft: »Richard schenkte mir eine Touristenkarte Jugoslawiens, die er auf einem Berliner Flohmarkt entdeckt hat. Ich vertiefe mich oft in diese Karte, fahre mit dem Finger über die Linien von Gebirgen und Flüssen, zähle die Orte, an denen ich war. Ich vertiefe mich bis zur Erschöpfung, die Karte saugt wie ein gutes Löschpapier das Verlustgefühl auf. ›Ich bin eine Schiffbrüchige, Richard, ich komme aus Atlantis‹, sage ich. ›Was willst du, einige Länder leben nicht länger als Menschen‹, seufzt Richard mitfühlend.«

Die auf dem Berliner Flohmarkt gekaufte Touristenkarte von Jugoslawien ist der konkrete Beweis eines kollektiven Verlustes. Die Karte zeigt das Land, das im Meer versank, das Land, das nicht ist. Die Karte selbst ist ein Atlantis. Der Balkan liegt weiterhin über dem Meeresspiegel, aber die Bibliotheken wurden von der Geschichte gesäubert, Bücher wurden verbrannt, Kirchen und Moscheen gesprengt, überdimensionierte Kreuze und hochaufragende Minarette errichtet, Flüsse fließen kristallklar und grün durch eine Landschaft, in der sich einst Ost und West, Wachsen und Vergehen, Christen und Moslems begegneten, bevor der Fluss zu einem Grab wurde, das zum Meer fließt, vorbei an Schulen, Sportplätzen und einem Ort, wo einmal Frauen und Mädchen gefangen gehalten und vergewaltigt wurden, stunden-, tage-, monatelang, jetzt ist da ein Wellness-Hotel. In den Häusern auf dem Balkan klaffen Granatlöcher wie offene Wunden, andere Häuser sind verlassen oder gesprengt, nur die Keller stehen noch. Beidseits der viel befahrenen Straße, an der wir hier in Kroatien wohnen, haben die Hauswände noch Einschusslöcher aus dem Krieg.

An der Passkontrolle sagt Dubravka Ugrešić: Ich komme aus keinem Land, ich habe keinen Pass, den ich vorzeigen kann. Ihrer Meinung nach hat eine Schriftstellerin und Intellektuelle keine spezifische nationale Identität und gehört keiner bestimmten ethnischen Gruppierung an. Ugrešić lebt jetzt im Exil in Amsterdam. Bei einem Interview im niederländischen Fernsehen gehen wir mit ihr über einen Flohmarkt in Berlin, der Stadt, in die sie zunächst geflohen war. Sie kauft ein Fotoalbum, das sie in einer Pappschachtel gefunden hat: »Als ich mein Land verließ, oder als mein Land sein Volk verließ, bat mich meine Mutter, unsere Fotoalben mitzunehmen.« Zwei Fotos fallen heraus und wehen über den Asphalt, einige Jungen heben sie auf. *Danke schön*, sagt sie und nimmt die Fotografien mit behandschuhter Hand entgegen. Das eine ist ein Hochzeitsfoto, das andere zeigt eine Frau im Badeanzug.

Seit der Geburt unserer Tochter war ich nicht mehr in Berlin. Das letzte Mal fuhr ich hin, weil ich ein Hochzeitskleid suchte. Meine Schwester und ich gingen in Secondhand- und Vintageläden, ich habe viele Kleider anprobiert, ohne das richtige zu finden. Seidenkleider mit Schulterpolstern aus den Achtzigerjahren hingen neben Plisseekleidern aus den Zwanzigern, neben elfenbeinfarbenen Kleidern im Great Gatsby-Stil mit Schleife am Hals und tiefer Taille und cremefarbenen Kleidern aus den Sechzigern mit tiefem Rückenausschnitt. Es gab Tüll, Satin, Brokatmuster und Perlenstickerei, gelbes Seidenband unter Doppelknöpfen auf einem Spitzenrock, und obwohl die Kleider gereinigt waren, rochen sie immer noch nach Parfum, Schweiß und Körper. Ich probierte ein glattes Seidenkleid aus den Achtzigerjahren. Meine Schultern wirkten überdimensioniert, der Stoff spannte über dem Bauch. Das Kleid war gleichzeitig zu eng und zu weit, zu lang war es auch. Kannst du mir helfen, sagte ich zu meiner Schwester, und sie schaffte es, mir das Kleid über den Kopf zu ziehen.

Wovon mag sie, die dieses Kleid einmal trug, geträumt haben? Hatte sie ihre Ausbildung abgeschlossen, bevor sie heiratete? Bekam sie einen Job, hatte sie schon einen? Wie war ihr Mann, wurde die Ehe glücklich? Lebten die Eltern des Brautpaares lange genug, um Großeltern zu werden? Waren die Großeltern lieb zu den Enkelkindern, halfen sie? Die Kleider sind sehr klein. Wie dünn sie gewesen sein müssen, sage ich zu meiner Schwester. Ich dürfe nicht vergessen, antwortet sie, von wann die Kleider seien, was für Zeiten das waren und welche Zustände damals in der Welt herrschten. Ganz hinten im Laden hängen einige weiße Seidenkleider, die so klein sind, dass die Frauen Kinder gewesen sein mussten, als sie am Altar niederknieten, um den Ehesegen zu erhalten. Das sind Kommunionskleider, sagt meine Schwester lächelnd und hält sich ein Seidenkleid mit langen Schleifen an.

Unsere Tochter weint so sehr, dass sie im Bett nicht getröstet werden kann. Ich nehme sie hoch. Ihr tun die

Füße weh, Wachstumsschmerzen, Muskelkater ohne Blasen wegen zu großer Schuhe, was weiß denn ich. Sie hat Schmerzen, weinend sagt sie im Halbschlaf: Ich kann nicht raus. Ich habe keinen Platz. Aus meinem Mund kommen so viele Wörter. Ich will das nicht. Sie hält sich den Mund zu, spricht und weint. Schließlich bekommt sie Paracetamol-Saft. Auf dem Sofa, auf meinem Schoß, schläft sie ein, ich nehme die Fernbedienung und zappe mich in einen britischen Dokumentarfilm über Jesidinnen, die sich am IS rächen. Die britische Reporterin Stacey Dooley schließt sich im September 2016 zwei Wochen lang dem Jesidischen Bataillon *Sun Brigade* an, das sie in einer verlassenen Schule trifft. Die weiblichen Kadetten waren in der Gefangenschaft vom IS gefoltert und vergewaltigt geworden, und weil diese jungen Frauen wissen, dass ihre Schwestern jetzt das gleiche Schicksal erleiden, haben sie sich bewaffnet und kämpfen Seite an Seite mit den männlichen Soldaten. Die Dschihadisten haben Angst, von einer Frau getötet zu werden, weil sie dann nicht in den Himmel kommen. Die bewaffneten Frauen stehen auf der Ladefläche eines Lastwagens. Was fühlst du jetzt?, fragt die britische Reporterin, und die Soldatin der *Sun Brigade* antwortet: Freude. Es ist, als ginge ich zur Hochzeit. Stacey Dooley, die 1987 geborene, gleichaltrige Reporterin hat Angst, sie hat einige von ihnen zusammenbrechen sehen, wenn sie von ihren Erlebnissen erzählten, sie hat sie beim Training ohnmächtig werden sehen. Einige der jungen Frauen schweigen, denn in diesem Volk gehören die Worte Ehre und Scham unauflösbar zusammen. Sie tragen nicht gerade ein Brautkleid, sagt Stacey Dooley, und eine Hochzeit ist es wohl auch nicht. Die Soldatin lächelt unter der Kappe und sagt, das ist mein schönstes Kleid. Die Soldatinnen sind schön, sie haben sich geschminkt, die Haare gekämmt und geflochten. Im Gebirge, wo der IS aus fünfhundert oder sechshundert Metern Entfernung schießt, stellen sie sich in eine Reihe neben die Männer und zielen. Sie erzählen von ihrem früheren Leben, zeigen auf den Handys, wie schön die Städte und ihre Schwestern waren. Wir hatten alles, sagen sie. Und Sindschar war die schönste Stadt der Welt. Hätten diese jungen Frauen ihre Waffen- und Soldatenausbildung ein Jahr früher begonnen, sagte die Kommandantin Khatoon Khider, hätten sie Sindschar vermutlich halten können.

Die Menschen flohen vor dem IS. An der Straße, auf der jetzt der Laster in Haarnadelkurven bergauf schlingert, die bewaffneten Soldatinnen auf der Ladefläche, stehen ausgebrannte Autos. Hier oben ist es steil, der Laster fährt durch eine ausgebombte Stadt, man sieht ein paar IS-Fahnen, aber keinen einzigen Menschen. Die Bewohner lebten sieben Tage in den Bergen, bei fünfzig Grad Hitze, ohne Essen und Trinken. Die Ausbilderin Khatoon Khider war früher eine bekannte Sängerin, singt aber nicht mehr. Ich singe erst wieder, wenn unsere Frauen und Kinder zurück sind. Eine Frau hat mir gesagt: Ich lasse das eine Kind zurück, damit ich mich um das andere kümmern kann. Es waren mehrere Frauen, mehrere Kinder, gebt sie mir, sagte ich. Viele ließen die Säuglinge zurück. Eine Mutter legte ein Kind unter einen Baum, um das andere Kind mitnehmen zu können.

Auf dem Flohmarkt zusammen mit meiner Schwester finde auch ich Schachteln mit Fotoalben und Einzelfotos. Familien, die Urlaub machen, die Hochzeiten und andere Feste feiern, in Wohnungen mit Kristallgläsern, runden Tischen und Regalwänden, auf Sofas, aus einer kargeren Zeit. Warum habe ich über zwanzig Bilder gekauft? Ich dachte, dass die Fotografien im Unterricht als Ausgangspunkt für Schreibübungen nützlich sein könnten. Aber da war auch noch etwas anderes, das mir vielleicht, dachte ich, zu Hause klar werden würde, ich freute mich auch darauf, die Fotos dem Mann zu zeigen, der bald mein Ehemann sein würde. Mein Mann fand es unangebracht, anderer Leute Familienfotos zu kaufen. Das ist ihr Leben, verstehst du das nicht? Ja, aber das ist doch genau der Punkt, sagte ich. Dass es ihr Leben ist und nicht meines! Ich zog das Schwarz-Weiß-Foto von Kühen heraus, die nebeneinander am Weg zu einem Viehgatter und dem Hof im Hintergrund stehen. Ich hielt das Bild des alten Ehepaares hoch, das in Winterkleidung auf einer Bank sitzt, und fragte ihn ebenso wie mich, ob man helle Momente im Leben anderer Menschen kaufen kann. Mir fiel die Frage ein, die die Frau im Drammen-Bad ihrer

Freundin gestellt hatte: Habe ich ein schlechtes Gewissen? Kann eine Fotografie so viel Hoffnung, Macht und Ohnmacht enthalten? Kann man sich wirklich den Augenblick kaufen, als der Sohn von der Mutter den ersten Luftballon bekam? Den fünfzigsten Geburtstag deiner Schwester oder den Neujahrsabend, als die ganze Familie das letzte Mal zusammen war? Die Momente sind eingefroren, aber wie es wirklich war, weiß nur, wer dabei war, und jeder erinnert sich anders daran, wie es wirklich war. Das ist die Wahrheit. Die Wahrheit hat viele Aspekte und ist niemals schwarz oder weiß. Darum sind Fotos für mich eine Fiktion. Ein gestelltes und somit geschriebenes Bild, das genauso gelesen werden kann wie die Seiten in einem Buch.

An einem Abend zwischen Weihnachten und Neujahr 2005 besuchte uns unser Nachbar, der Schafbauer, der in seiner Jugend auf der gewaltigen Staudammbaustelle im Tal gearbeitet hatte. Er kam mit einem schwarzen Koffer voller Dias. Er hatte über einen Zeitraum von fünfzig Jahren und in Abständen von fünf Jahren die Entwicklung der Landschaft dokumentiert und zeigte uns nun, wie die Berge und das Tal vor dem Bau des Staudamms ausgesehen hatten. Auf dem weißen Laken öffnete sich die Zeit vor der Überflutung der grünen Täler, Hütten und der Wege ins Hochgebirge. Einige weitere Nachbarn waren auch gekommen. Das Licht im Wohnzimmer war gelöscht, an der Zimmertür hing ein Bettlaken, über das Orte und Landschaften strichen, die ich noch nie gesehen, von denen ich nur gewusst hatte, dass sie da waren, unter dem Wasser und unter der gigantischen Betonkonstruktion des Staudamms. Menschen kamen beim Schafabtrieb die Berghänge herunter, die Reihe der Schafe glich einer dicken, lebenden Perlenkette. Auf einem Bild, das bei unserer Almhütte aufgenommen worden war, sah ich den Fjord zwischen den Bergen. Ich sah einen Bauernhof mit mehreren erleuchteten Häusern und begriff, dass eines der Häuser auf dem Bild das Haus war, in dem wir gerade zusammensaßen.

Doch später, als der Nachbar über den vereisten Hofplatz zum Auto ging, stürzte er, der Koffer sprang auf, und die Dias fielen in den Schnee. Im Schneetreiben, mitten in der Nacht, sammelten wir die Bilder ein, brachten sie herein und trockneten sie, Bild für Bild, mit Brillenputztüchern. Mit dem Küchenmesser öffneten wir ein Diarähmchen nach dem anderen und legten die Filme zum Trocknen auf den Wohnzimmertisch, aber als der Nachbar die Dias vor die Küchenlampe hielt und sie durch eine alte Hornbrille aus unserem Haus und ein Vergrößerungsglas betrachtete, waren sie fleckig und wellten sich, und die Geschichte des Tals hatte einen unwiderruflichen Wasserschaden bekommen.

Kann man sich diese Bilder zum Verkauf auf einem Flohmarkt vorstellen? Dass ein Tourist vielleicht das Foto im Album (oder eben das Dia) kaufte, das meine Schwester und mich in Norwegerpullover, Wolljacke und identischen Sommerröcken zeigt, die unsere Mutter genäht hatte, in orange und grün, daneben Vater im blauweiß gestrickten Pullover. Neben dem riesigen Rad des Bulldozers, der wie immer sonntags auf dem Bruchsteinplatz unterhalb des Dammes geparkt war, wirkten wir sehr klein. Nur wir Abgebildeten wussten, dass auch hier wieder unsere Mutter den Fotoapparat hielt und den Moment zu einer gemeinsamen Erinnerung machte. Nur wir, vielleicht sogar nur unser Vater, wussten, dass im Bauch der Fotografin ein Baby lag, das knapp acht Monate später zur Welt kommen und unser Bruder sein würde. Ja, das glaube ich. Ich glaube, dass ich mich freuen würde, wenn jemand wegen der Gesichter, des Bulldozers oder der Betonkonstruktion dieses Familienbild von uns und der Staudammlandschaft kaufen würde. Wenn jemand das Bild von meiner Schwester und mir neben dem riesigen Rad sähe und dächte: Das hätte ich sein können! Oder umgekehrt: Diese Familie, dieser Damm, diese Landschaft und dieses Leben sind mir so fern, das kaufe ich. Eigenartige Menschen, wahnwitzige Konstruktion; das Bild nehme ich für zwanzig Kronen. Oder als Alternative: Wir sind doch alle Menschen; je länger ich mir diese Bilder anschaue, bin *das* nicht eigentlich *ich*? Ist es die Begegnung mit dem Fremden oder die Begegnung mit dem Wiedererkennbaren, die die Fotografie von etwas Privatem zu etwas anderem und vielleicht Allgemeingültigem werden lässt?

Der Pony ist am Haaransatz kurz geschnitten, die Haare um die Ohren wirken rasiert. Ich hatte das Rasiermesser auf beiden Seiten des Pferdeschwanzes angesetzt, das sah nicht gut aus. Ich trage Shorts und Joggingschuhe, sehe aus wie ein Junge in rosa Rollkragenpullover auf dem Gruppenfoto einer Fußballmannschaft. Ich bin zwölf Jahre alt, das älteste der Geschwister auf dem Bild. Wir sind mit Vater und Mutter in den Ferien. Mutter ist wie üblich nicht auf dem Foto, sie fotografiert, sie hat uns für das Foto in einen Steingarten dirigiert. Das Haar meiner Schwester ist weiß. Sie lächelt. Die Augen meiner Schwester und meines Bruders sind blau, auf dem Foto aus dem Sommer 1991 lächeln sie.

Das Foto ist der Beweis, dass wir existiert haben. Das Foto bestätigt, was geschehen ist: Dass wir eine Familie waren, dass es eine Landschaft gab, die jetzt zugunsten von Elektrizität und Kilowatt überflutet ist. Dass die ganze Familie in die Sommerferien gefahren ist, in einem Auto von West nach Ost. In jedem Bild stecken immer mehrere Bilder, und wie in einem Film oder in einer schillernden, durchsichtigen Seifenblase aus verschiedenen Zeiten, Landschaften und Gesichtern, tritt das Leben hervor, wie es auch war oder wirken konnte.

In dem niederländischen Dokumentarfilm aus Berlin sagt Dubravka Ugrešić, sie habe viele Flüchtlinge aus dem ehemaligen Jugoslawien getroffen. Sie trauerten nicht am meisten um ihr Zuhause, ihr Haus oder um Gegenstände, die sie verloren hatten. Sondern um die Fotografien, denn Fotografien seien der Beweis, dass wir existiert haben. Ein gestelltes Bild für die Nachwelt. So wird die Fotografie ebenso zum Zeitzeugen wie zur Totenmaske. Ein Bosnier, selbst Flüchtling, sagte mir einmal: Es gibt zwei Sorten Flüchtlinge, solche mit Fotos und solche ohne.

In *Das Museum der bedingungslosen Kapitulation* schreibt Dubravka Ugrešić, der Kriegsverbrecher Ratko Mladić habe monatelang von den umliegenden Bergen Granaten auf Sarajevo abgefeuert. Eines Tages zielte er auf das Haus eines Bekannten. Ich weiß nicht, ob es wahr ist, sagt sie, aber es kursiert die Geschichte, »daß der General dem Bekannten telefonisch mitteilte, er gebe ihm fünf Minuten Zeit, um die Alben einzupacken, denn er werde sein Haus in die Luft jagen.« Und Ugrešić schreibt weiter: »Der Mörder dachte dabei an die Alben mit den Familienfotos. Der General, der systematisch an der Zerstörung der Stadt arbeitete, wusste genau, dass er die ERINNERUNG zerstören wollte. Seinem Bekannten schenkt er ›großzügig‹ das Leben mit dem Recht auf Erinnerung. Das nackte Leben und ein paar Familienfotos.«

Ich gehe mit unserer Tochter die Treppe zur Küche hoch. Wir waren mit Tauchermaske und Schwimmflügeln schwimmen, eine kleine Expedition. Sie kommt jetzt mit Treten und Strampeln voran, aber die Armzüge fallen ihr noch schwer. Ich habe ihr erzählt, dass sie mit den Händen blaue Zauberwellen ausstrahlen kann wie eine Superheldin, vielleicht gelingt es ihr darum nach und nach etwas besser. Hokuspokus, ruft sie, streckt die Arme aus und strampelt mit den Füßen. Jetzt ist sie erschöpft und durstig, ich hole Saft aus dem Kühlschrank. Während ich Saft und Wasser mische, bin ich in Gedanken bei den Rändern von Fotos und den Begrenzungen beim Schreiben und im Leben. Bei dem, worüber ich nicht schreibe, was ich schreiben sollte, bei dem, was ich nicht schaffe oder nicht kann, und komme von da zu dem, was ich aus Gründen schreibe, die nichts mit Fotos und Schreiben zu tun haben. Lächeln! Gib mir ein großes und entspanntes Lächeln! Sag cheeeese. Wie unmöglich es ist, denke ich, die Sprache hinter der Sprache hervorzuholen, das Gesicht hinter der Maske, das Mädchen hinter der Frau, die Mutter hinter der Tochter, denn in und hinter einem sogenannten Ich sind immer mehrere Menschen. Und es geht immer auch um die Angst, dass das Innere durchleuchtet wird, wenn das Äußere sichtbar und vielleicht nicht gut genug ist. Sehe ich ein Bild von mir, mache ich mich runter. Das ist einfach, darin habe ich viel Übung: Wie alt ich da aussehe! Ach, wie dick und hässlich ich bin, sage ich und vergesse, dass meine Tochter direkt neben mir steht.

Die Wellen rollen an, ziehen sich langsam zurück, kommen wieder. Die Wellen scheinen vor dem Meer fliehen zu wollen. Unsere Tochter trinkt Saft, ich denke an jedes Signal, das sie seit ihrer Geburt gesendet hat und wir zu deuten versuchten. Seitdem sind fünfeinhalb Jahre vergangen, damals wusste ich so wenig. Dass Mutterschaft eine immerwährende Dekonstruktion ist wie die Liebe, tief eingefleischt wie eine Zellentwicklung, die nie ein Ende erreicht. Wenn sie weinte, dachte ich, dass sie Schmerzen hatte, dass ich Windeln wechseln musste, dass sie Milch brauchte, dass sie Angst hatte, dass sie traurig war, bis ich eines Tages sah, wie sie vor unserem Kleiderschrankspiegel Grimassen schnitt, und begriff, dass sie gerade Weinen übte. Sich beim Weinen im Spiegel beobachtete. Sie kann sich klar ausdrücken und jetzt, wo sich ihre und meine Sprache begegnen können, spüre ich ein neues und nuanciertes Band zwischen uns. Sie kann Ja sagen, ich kann Nein sagen. Und wir können über die Nuancen sprechen, die zwischen ihrem Ja und meinem Nein liegen – und umgekehrt. Du bist meine beste Freundin, sagt meine Tochter. Ich denke Nein und sage Ja.

Die Wellen ritzen mit weichen oder scharfen Linien Schrift ein. Die Wellen sprechen, das Meer erzählt: Mutterschaft ist schön, braucht aber einen langen Atem. Ich glaube daran, dass es eine fluoreszierende Sprache gibt, die aus dem Meer geholt, ausgewrungen und über den schmutzigen Alltag gebreitet wird. Dass es in dieser Sprache versunkene Bilder und Geräusche gibt, die sich als unsichtbare Tätowierungen in dein Herz und das deines Kindes einbrennen. Die Sprache ist ganz konkret. Es ist heiß. Wir setzen uns in den Schatten, an den Tisch zwischen Küche und Schlafzimmer, und legen ein Puzzle mit Bären und Ballons. Der große Bär will nicht neben die zwei kleinen Bären passen, und das Puzzleteil mit dem Himmel liegt verkehrt herum.

Es ist fast drei Monate her, seit wir in Zaton waren und in der kristallklaren Bucht schwammen. Ist das wirklich passiert, oder war es nur eine Seifenblase aus Sommer und Salzwasser? Die Mückenstiche an den Beinen jucken immer noch, aber bei Regen und der niedrigen Wolkendecke, die über dem Alltag liegt, wirkt alles fern. Kindergarten und Schule haben wieder begonnen, aber der Kindergarten ist umgezogen, der Weg dorthin zu einem Hindernislauf geworden. Heute waren wir spät dran, Anfang der Woche hatte ich eine Abkürzung gefunden, die sich jetzt als gesperrt erwies. Hier verlegen wir Glasfaser, stand auf einem Schild an der Abzäunung, die Straße dahinter war ein Loch. Okay, wir schaffen das, sagte ich, hob meine Tochter auf die Schultern und fragte mich, ob wir zum alten Weg zurückgehen oder doch einen neuen Weg suchen sollten.

Es ist Nachmittag, unsere Tochter steht auf einem Stuhl am Herd und rührt mit einem Holzlöffel im Suppentopf. Die Sonne im Hinterhof steht niedrig, ich denke an den Herbsttag, als der Nachbar wieder auf unserem Hof stand. Er hatte die Kamera um den Hals hängen und stellte die Familie auf die Stufen der geländerlosen Betontreppe. Vater war gebrechlich und sein Gleichgewichtssinn schlecht, er hatte fast alle Haare verloren. Ich höre immer noch seine ängstliche Stimme, die mit missglückter Selbstironie zum Nachbarn hinter dem Fotoapparat sagte: Bist du jetzt hier, um auch Tote zu fotografieren? Es war schnell erledigt. Ich habe das Foto nie gesehen, aber auch nie danach gefragt. Die Sonne stand so niedrig wie die Sonne, die bald durch unsere schmutzigen Küchenfenster auf das blonde Haar meiner Tochter fallen wird, die auf dem Stuhl am Herd steht und im Topf rührt.

Literarische Quellen

Alexijewitsch, Swetlana: *Secondhand-Zeit. Leben auf den Trümmern des Sozialismus*. Deutsch von Gana-Maria Braungardt. Hanser Berlin, München 2013.

Beckett, Samuel: *Endgame*, Faber & Faber, London, 2009.

Beckett, Samuel: *Drei Romane*. Deutsch von Erich Franzen u. Elmar Tophoven. Suhrkamp, Frankfurt 1969.

Bloom, Harold: *Die Kunst der Lektüre. Wie und warum wir lesen sollten*. Deutsch von Angelika Schweikhart. C. Bertelsmann, München 2000.

Bogen, Øystein, Odd Isungset: *Brevet fra dypet*, 2001 (Dokumentarfilm).

Bogen, Øystein: *Putin og jeg. Russlands vei fra håp til håpløshet*, Kagge forlag, Oslo 2016.

Bogen, Øystein, Odd Isungset, Per Christian Magnus: *Kursk-tragedien i Barentshavet*, 2000 (Dokumentarfilm).

Dooley, Stacey: *Face to Face with Isis*, 2016 (Dokumentarfilm).

Duras, Marguerite: *Emily L.*, Deutsch von Maria Dessauer; Suhrkamp, Frankfurt am Main 1988.

Duras, Marguerite: *Schreiben*, Deutsch von Andrea Spingler; Suhrkamp, Frankfurt am Main 1994.

Grieg, Nordahl: *Friheten*, Cappelen Damm Forlag, Oslo 2012.

Grytten, Frode: *Was im Leben zählt*, Deutsch von Ina Kronenberg. List, München, 2003.

Gulliksen, Geir: *Kan vi gjøre det igjen*, Aschehoug, Oslo 2013.

Herzog, Werner: *Grizzly Man*, 2005 (Dokumentarfilm).

Ibsen, Henrik: *Peer Gynt*, Gyldendal Norsk Forlag, Oslo 2005.

Jansson, Tove: *Das Sommerbuch*. Deutsch von Birgitta Kicherer. Lübbe, Köln, 2014.

Julén, Staffan: *Den värsta lögnen är den dokumentära*, 2015 (Dokumentarfilm).

Larsson, Stig: *Likar*, Albert Bonniers Förlag, Stockholm 1993.

March, Briar: *There Once was an Island, Te Henua e Nnoho*, 2012 (Dokumentarfilm).

Montaigne, M. E. de: *Essais*. Deutsch von Hans Stilett. Eichborn, Frankfurt am Main 1998.

Müller, Herta: *Immer derselbe Schnee und immer derselbe Onkel*. Hanser, München u. a. 2011.

Nordborg, Bengt: *Livet, enligt Stig Larsson*, 2015 (Dokumentarfilm).

Pessoa, Fernando: *Das Buch der Unruhe des Hilfsbuchhalters Bernardo Soares*. Deutsch von Inés Koebel, Ammann, Zürich 2003.

Rossellini, Roberto: *Stromboli* (Terra di Dio), 1950 (Spielfilm).

Tawada, Yoko: *Verwandlungen. Tübinger Poetikvorlesungen*. Konkursbuch Verlag, Tübingen 1998.

Ugrešić, Dubravka: *Das Museum der bedingungslosen Kapitulation*. Deutsch von Barbara Antkowiak, Suhrkamp, Frankfurt/M. 1998.

Ugrešić, Dubravka: *Die Kultur der Lüge*. Deutsch von Barbara Antkowiak, Suhrkamp, Frankfurt/M. 1995.

Winterson, Jeanette: *Warum glücklich statt einfach nur normal?* Deutsch von Monika Schmalz. Carl Hanser, München 2013.

Wittgenstein, Ludwig: *Geheime Tagebücher 1914–1916*. Hrsg. v. Wilhelm Baum. 2. Aufl., Turia + Kant, Wien 1992.